JN193996
リの
貨客船
業務日誌
土竜
Illustration 紅白法師

ショウン

ティナロッサ
マイルヤーナ
サラフィニア
トニー
サムソン

ウィルティア

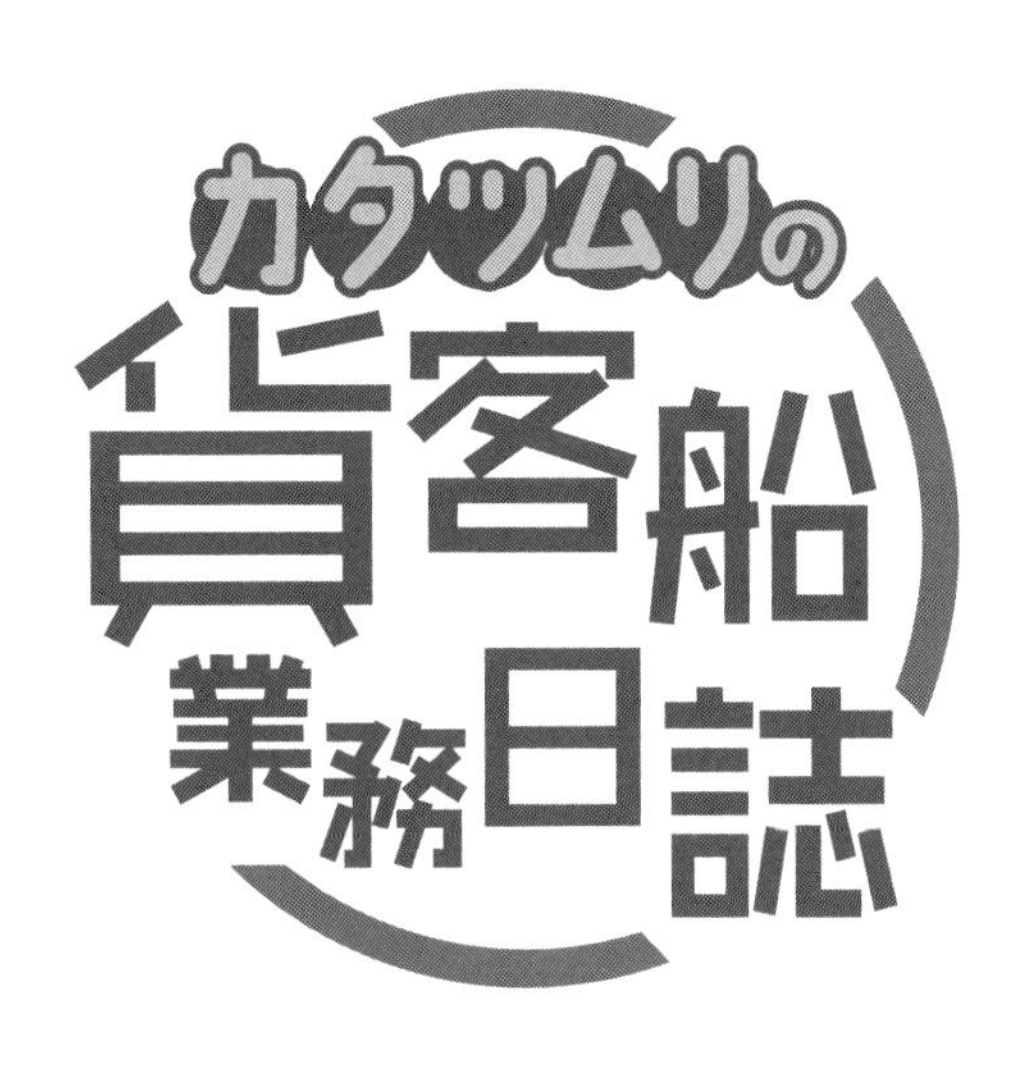

土竜
Illustration　紅白法師

新紀元社

-Contents-

ファイル01　貨物輸送業者(トランスポーター)の通常業務

◇ショウン・ライアット◇

　運んできた貨物の受け渡しを済ませて、いつもの貨物配達受付(トランスポートカウンター)に戻ってくると、受付嬢のササラ・エスンヴェルダが俺を呼び止めた。

「やあやあ。待ってたよスネイル」

「誰がスネイルだ。俺の名前はショウン・ライアットだ」

　このササラという受付嬢は、ある理由から俺をスネイル＝カタツムリと呼ぶ。

　確かに俺は、人命がかかっていない限りスピード重視の急ぎの配達を嫌う。というかしない。

　海賊に追われているとか、超新星爆発(スーパーノヴァ)が起こるとかでない限り、法定速度プラス五くらいまでしか出さない。

　というか、俺の船は軍の払い下げで旧式なため、そんなに速くないうえ、故障も怖いからだ。

　そのため、ノロマ野郎と言う意味でスネイル＝カタツムリと揶揄(やゆ)されているのが理由の一つだ。

　その代わり、無事故無違反の自己記録は更新中だ。

　ちなみにこのササラという受付嬢は、仕事はできるが人をイラつかせる天才だ。

「君に急ぎの仕事だよ」

「断る」

配達を終えたばかりで、燃料補給すらしていないのに冗談じゃない。

「報酬は緊急チャーターってことで三十万クレジット。目的地は惑星ソアクル。運ぶのは人間二人。燃料満タンのおまけ付き」

「惑星ソアクルなら高速定期便があるじゃないか」

銀河に名立たるコズミックエーギル社自慢の大型高速旅客船『ヘブリング1』、こいつを導入したスターフライト社の高速定期便はなかなか人気なはずだ。

「それがストを起こしちゃってさあ。三千人以上が足留め状態なんだよ」

「なんか前もしてなかったか、あの会社」

「倒産の臭いがするね～」

他人事(ひとごと)なため、呑気(のんき)に無責任な発言をするササラ。

まあ、スターフライト社は関係者の間ではあまり評判はよろしくない。

「差し詰め、足留め食らった客の依頼だな」

「ごめーとー♪　銀河標準時で明日までにソアクルに行きたいんだって」

「言っとくが、最大船速で行けとかはお断りだ」

「その辺りは説明してあるから大丈夫♪」

銀河貨物輸送業者組合(ギャラクシートランスポーターギルド)は、俺のような貨物輸送業者(トランスポーター)と契約し、荷物を届けさせることで業務を執行している。

貨物輸送業者を裏切るようなことをすれば、契約する貨物輸送業者がいなくなり、業務ができなくなる。

無論、その逆をすれば貨物輸送業者は組合から追放になり、業界からも締め出されることになる。

タチの悪い受付嬢だと、依頼人からの報酬を五十％ピンはねしたり、密輸品だとしりながら輸送させ、発覚したときは無関係を貫いたりするやつがいる。

こいつは言動はムカつくが、仕事に関しては信用できる。

移動には、少し速度（スピード）を出せば十時間くらいですむし、燃料満タンはありがたい。

「で、お客さんは？」

「ターミナルの待合にいるから、今連絡するよ」

実はこういう急な人間の輸送は、俺にはよく回ってくる。

その理由としては、俺の船が貨客船であることだ。

といっても、貨物室（カーゴルーム）にいるよりはマシ。という程度の客室モドキがあるだけなのだが。

船のローンも残っているし、短距離でもあるので、引き受けることにした。


しばらくして、銀河貨物輸送業者組合の受付（カウンター）にやってきたのは、ビジネススーツに身を固めた中年の男と、キャリアウーマンの見本のような三十代の女の二人組だった。

「オルバート・カルザンと申します。急な依頼で申し訳ない」

「秘書のロベリア・レナルです」

男はビジネススマイルを浮かべ、女は眉間にシワを寄せて苦い顔をしていた。

「貨物輸送業者のショウン・ライアットです」

もちろん二人とも初対面であり、以前に失礼をした覚えもない。

服装もフライトジャケットなので、失礼な格好ではないはずだ。

なのになんで女のほうは眉間にシワを寄せて苦い顔をしているのかがわからない。

「レナルくん。いつまで眉間にシワを寄せているのかね。彼に失礼だろう」

「失礼しました。ですが、出発直前にストなんてスターフライト社の社員の正気を疑いますよ」

どうやら苦い顔の原因は、かの高速定期便が原因らしい。

「とりあえずこちらですので」

失礼がなかったならと、自分の船に案内する。

「まったく。チケットの払い戻しもしないなんて冗談じゃないわ！」

「パイロットの事故も多いようだしな」

どうやらかのスターフライト社は、関係者以外にも評判はよろしくないらしい。


俺の船は、下部貨物室型輸送貨客船というやつで、貨物室の上に操縦室やエンジンやなんかがあるタイプだ。

船体カラーが白なのは払い下げたときからで、船名は色をもじって『ホワイトカーゴ』だ。

その停泊地（アンカーレイジ）に到着すると、馴染みの作業員がエネルギーチューブを外したところだった。

「ようショウン。燃料（ガス）は満タンにしといたぜ。払いは組合持ちとは羨ましいぜ」

「サンキュー、デニス。戻ったら整備を頼む」

こいつはデニス。この宇宙港の作業員であり優秀な整備士（メカニック）でもある。

なので、この宇宙港にいるときは、コイツに整備を頼むようにしている。

「燃料さえ入れば準備は終了ですから、早速出ることにしましょう」

乗船用のタラップはすでに下りているので、お客二人を案内する。

俺の船『ホワイトカーゴ』は、入り口から入って左に船首の操縦室。右に長いソファーが二つとテーブルが置いてあり、お客にはここにいてもらうことになる。

その奥には、キッチンやトイレやシャワー、自室がある。

「そこのソファーにどうぞ。すぐに出発しますんで」

タラップが接続している入り口と、貨物室への降り口の蓋をしっかりと閉めると、操縦席（コックピット）に入る。

全てのチェックを完了させると、管制塔（コントロール）に通信（コール）を入れる。

「管制塔。こちら登録ナンバーＳＥＣ２０１１０３。貨客船『ホワイトカーゴ』。出港許可を求む」

こちらの通信に答えたのは、この前夫婦喧嘩をして奥さんにぶん殴られて前歯を折った中年男のコピーだ。

『こちら管制塔。「ホワイトカーゴ」出港を許可する。戻ってすぐにまた出発とは景気がいいな。原因はあのデカブツか？』

「了解、管制塔。この急ぎの仕事の原因は視界に入れないように努力するよ」

デカブツというのは、ストライキ中の『ヘブリング１』のことだろう。

まあ、向こうは旅客港でこちらは貨物港だから、はちあわせることはないだろうがな。

『お客さん。出港許可が出たから出発しますね』

マイクを船内に切り替えて、出発を報告する。

「エンジン点火（イグニッション）。微速前進」

別にいちいち声を出さなくてもいいとは思うのだが、ギルドの規則である上に、ブラックボックスを取りつけられているため、言わざるをえない。

宇宙港の外縁部まで船を進めたのち、超空間跳躍（ハイパースペースジャンプ）可能な宙域まで第一船速で移動すると、エネルギーチャージをしてから超空間に入ることになる。

その移動の途中、宇宙港の中で存在感を出しながら居座っているヘブリング1を遠距離から見ることができた。

「超空間跳躍の座標軸固定。目標惑星ソアクル。エネルギーチャージ開始」

そして数分でチャージは完了し、

「エネルギーチャージ完了。超空間跳躍開始」

超空間のトンネルをひたすらに進むことになる。

「超空間（ハイパースペース）に侵入。これより自動航行（オートドライブ）に移行する」

ジャンプの瞬間は緊張するが、超空間に入ってしまえば、あとは自動航行にお任せだ。

そして一息つこうとしたとき、

「あー来ちまったか」

　向こうに着くまでは持つかと思ったが、ダメだったらしい。

　落ち着くまでしばらく待ってから、お客に説明するために操縦室のドアを開けた。

　すると当然、

「誰かな君は？　キャプテンの彼はどうしたのかね？」

　カルザン氏には鋭い視線を向けられ、レナル女史はバッグに手を入れたままこっちを睨み付けていた。

　おそらくバッグには銃が入っているのだろう。

「すみません。これ、見てもらえますか」

　レナル女史が近寄って身分証を受けとると、カルザン氏に渡した。

　俺は自分の身分証を差し出す。

　カルザン氏が中身を確認すると、

「君はシュメール人か。なるほどなるほど」

　どうやら理解してもらえたらしい。

「それにしてもずいぶん変わりましたね……」

　レナル女史はバッグの口を閉めながら、俺を見つめている。

　シュメール人というのは、過酷な環境に陥った人類の進化の結果とも、遺伝子操作による改良人類とも言われている、雌雄同体のヒューマノイドのことだ。

普通のヒューマノイド同士の間でもたまに産まれることがあるため、人権や権利は完全に保障され、差別的な扱いをされることも、今はない。

男女どちらかの性別で産まれてきて、成長するともう片方の性別に変身することができるようになる。

その特徴として、シュメール人は例外なく中性的な容姿を持っている。

俺の場合は、銀の髪色と蒼い眼の色はそのままに、短かった髪は腰まで伸び、身体は細くなり、身長も少し縮むが、胸だけは無駄に巨大になるのだ。

ちなみに変身時に髪や身長が伸び縮みするシュメール人は、百人に一人はいる。

「しかし、なぜ変身したんだね？」

もっともな質問だが、これには種族的な理由がある。

「すみません。『月のもの』が急に来てしまって……」

「それは仕方ないですね」

レナル女史はくすりと笑いながら理解を示してくれたらしい。

ちなみにこれが、俺がカタツムリ＝スネイルといわれている最大の理由だ。

なおそれをシュメール人以外が口にすることは、差別的な発言に近いことだけは明言しておく。

ちなみに『月のもの』というのは、シュメール人が生存用の機能を維持するための身体生理現象で、月に一度、産まれたときとは逆の性別になってしまうというものだ。

大抵は一日か二日で終了する。

だが今は、それよりも大事なことがあった。

「すみません。前の配達から休憩なしでのフライトなので、ちょっと着替えてきてよろしいですか？」

前の配達場所からの帰還コースが小惑星地帯（アステロイドベルト）を抜けるコースだったため、ずっと操縦桿（ジョイスティック）を握っていて、汗をかいたまま着替えをできていないのだ。

「ああ。無理をいったのはこちらだからね。遠慮なく着替えてくれたまえ」

「ありがとうございます」

許可を貰（もら）うと、自室から着替えを取り出してシャワーに向かった。


シャワーを終えて着替えをしたといっても、さっきと変わらない、タンクトップにフライトズボンにフライトブーツ。腰には護身用の短針銃（ニードルガン）の収まったホルスター。フライトジャケットを羽織るスタイルでお客の前に出る。

「では私は操縦室にいますので、何かあったら声をかけてください。トイレは手前から二番目ですので」

かなりあっさりめの対応だが、馴れ馴れしくされるのを嫌う客もいるので、これくらいがちょうどいい。

操縦室から離れるのも良くはないしな。

さて、読みかけの小説でも読むことにしよう。

惑星オルランゲアを出発してから三時間。

時々、計器や外の情報を確認しながらも、何事もなく進んでいた。

出発したのが午前九時ごろだったことを考えると、そろそろ昼飯の時間だ。

諸々をチェックし直してから操縦室を出ると、

「あの、補給していないので簡単なものしかできませんが、昼食召し上がりますか?」

カルザン氏が見ていた書類に視線がいかないように気をつけながら、お客の二人に声をかける。

「ああ。お願いするよ。昼前に到着の予定だったから、食事のことを考えていなかったからね」

「わかりました。少々お待ちください」

なんとなくセレブっぽいので、安物は食べないかもと思ったが、そうでもないらしい。


確認をとってからキッチンに向かうと、まずはコーヒーサイフォンをセットしてから、残っていたくず野菜を細かく切る。

それを油を引いたフライパンで炒め、塩コショウで味付けする。

それが終わると、ベーコンも火を通しておく。

その二つを冷ましているうちに、食パンを適度な厚さにカットする。

卵をボウルに割り入れると、白身を切るように混ぜていき、よく混ざったらさっきのくず野菜を卵液にいれ、長方形のフライパンで食パンに収まるような形にオムレツを焼き上げていく。

オムレツが焼けたらまた熱を取るために冷ます。

その間に、ケチャップとマヨネーズと調味料でオーロラソースを作る。

食パンにバターを塗り、レタス・トマト・チーズをのせ、バジルオイルをかけてから食パンをのせる。

これでCLT（チーズ・レタス・トマト）サンドの完成。

次に、バターを塗っていない食パンにオーロラソースを塗ってからオムレツをのせ、冷ましておいたベーコンをのせる。

もう一枚の食パンにもオーロラソースを塗って、オムレツの上にのせる。

ラップを被せて平たい物で重しをしている間に、トレイを用意したり、コーヒーカップを温めておいたりする。

コーヒーが出来上がり、サンドイッチが馴染んだら、二つに切って皿に盛り付ける。

船を買ったときについていたワゴンに乗せてお客のところに持っていった。

「お待たせしました。簡単なサンドイッチで申し訳ありません」

「いやいや。なかなか旨そうじゃないか」

「器用なんですねぇ」

お客の前にサンドイッチとコーヒーと作りおきしておいたクッキーを置くと、ワゴンをキッチンに戻しにいく。

そして、自分用のトレイを手に持ち、

「では私は操縦室に戻りますので、食べ終わったらそのままにしておいてください」

そう声をかけてから操縦室に向かった。

◇ロベリア・レナル◇

今日は本当についていない。

出発三十分前にいきなりストライキだなんて、スターフライト社の社員は一体何を考えているのでしょうか?

おまけにチケット代の払い戻しもしないなんて!

そのストライキもいつ終わるかわからないから、ビジネスで来ている人間にとっては最悪だわ!

私と社長はどうしても明日までに惑星ソアクルに到着しなければならない。

だからこの貨客船がチャーターできたのは幸いでした。

パイロットが柄の悪い人物でなかったのもポイントです。

まあ、彼がシュメール人だったのと、『月のもの』で女性になった姿には驚きましたけど。

あれは種族的な差でしょうか?

それとも食べ物でしょうか?

案外このコーヒーとサンドイッチとクッキーにヒミツが……あるわけはありませんよね。

それにしても、美人で巨乳で料理上手って、嫌がらせですか?　自慢ですか?　恋人の居ない私への宣戦布告ですか?

彼が年中無休で女の子だったら間違いなく敵です。

にしてもこのクッキー美味しいですね。

どこのメーカーのか聞いておかないと。

◇ショウン・ライアット◇

昼飯も終わり、お客の食器の片付けも終わって、航海は順調に進んでいた。

レナル女史がクッキーのメーカーを聞いてきたので、自家製だと答えたらなぜか不機嫌になった。

カルザン氏がなだめてくれ、こっちには責任がないから気にしないでくれと言われたが、不機嫌になった理由はまったく不明だ。

そんなこともありつつ、航海は順調に進み、超空間から退出(アウト)をし、惑星に到着するだけになった。

ここまででようやく道程の半分が終了したといえるだろう。

マイクのスイッチを入れると、お客に報告する。

『お客さん。まもなく超空間から退出します。万が一を考えて座っといてくださいね』

俺は操縦桿を握り、自動航行をオフにする。

「超空間からの退出開始。秒読み(カウントダウン)。五・四・三・二・一！」

その瞬間、歪(ゆが)んだような空間から、通常の宇宙空間に代わり、目の前には、惑星ソアクルが浮かんでいた。

「超空間退出完了。通常航行に移行する」

惑星が近いので、そのまま操縦してソアクルの宇宙港に向かうのが通例だ。

そして、事故が多いのがこういうときで、道程の半分と言ったのは、油断をしないようにということだ。

そして惑星ソアクルの宇宙港にたどり着いた。


宇宙港とは、正確には宇宙船停泊用港湾型コロニーと言う。

もちろん船で惑星上に降りることもできるが、大気圏で燃料を食うので、余程の理由がない限り宇宙港を利用するのが普通だ。

そして通信機（コミュ）のスイッチをオンにし、

「管制塔。こちら登録ナンバーＳＥＣ２０１１０３。貨客船『ホワイトカーゴ』。入港許可を求む」

ソアクルの管制塔に通信をいれる。

が、返答がない。

「繰り返す。管制塔。こちら登録ナンバーＳＥＣ２０１１０３。貨客船『ホワイトカーゴ』。入港許可を求む」

すると、モニターの全面に靴の底が映し出された。

このソアクルの管制塔で、こんなマネをするやつを、俺は一人しか知らない。

◇フッティ・オルグド・ポールダル◇

俺はフッティ・オルグド・ポールダル。

惑星ソアクルの管制塔で管制官（コントロールオフィサー）をやっている。

俺の横で制御卓（コンソール）に足を乗せているのは、同僚のテバル・ウィグルス。

とにかく女好きで、仕事にムラがありすぎる。

まさに今、ムラのある仕事の最中だ。

「こちら管制塔。もろもろの事情であと三時間は入港・停泊はできない。その場で待機せよ」

こいつは、自分より女にモテそうな奴を見ると、とにかく嫌がらせをする。

さっき通信してきた『ホワイトカーゴ』の持ち主・貨物輸送業者のショウン・ライアットは、確かにモテそうな外見をしている。

そのためこいつの標的になってしまったわけだ。

『なにかしら止められる原因は見当たらないが？』

ああ、向こうは完全にイラついているな。

それに、普段とは違うようだが、こいつは気が付いていない。

「五月蝿（うるさ）いんだよ白モヤシ！　管制官の指示に従い……やが……れ……」

足を下ろしてようやく気が付いたらしい。

慌てて身だしなみを整えだしたので、今のうちに空いている停泊地を確保しておくことにする。

◇テバル・ウィグルス◇

どういうことだ？

なんであの白モヤシの船にこんな美人が乗ってんだ？

白モヤシ。一瞬だけ誉めてやる！

よく、この俺好みの女を雇った！

明日からはこの俺の人生のパートナーだがな！

俺は直ぐに身なりを整え、最高のスマイルを浮かべる。

「はじめまして美しいお嬢さん。俺はテバル・ウィグルス。この惑星ソアクルで管制官を務めているものです。悪いことは言わない、今すぐその白モヤシの船を降りて、この俺と共に人生を歩もう！」

『誰がするかクソボケ！　さっさと入港許可と利用可能な停泊地を教えろ！』

なぜだ？　どうして初対面の女に暴言を吐かれるんだ？

俺の顔は相当にイケてるはずだ！

そんなことを考えていると、同僚のフッティが俺を押し退けた。

「『ホワイトカーゴ』入港を許可する。三十七番の停泊地が空いてる。そっちへ向かってくれ」

『フッティか。助かったよ、ありがとう』

「悪いな。今度おごるよ」

『期待しておくよ』

フッティのやつは、彼女と楽しそうに話すと、通信を切ってしまった。

「てめえ！　よくも勝手に切りやがったな！　この俺のパートナーになる彼女とのスウィーツタイムをぶちきりやがったな！　それに、なんで彼女と面識があるんだよ⁉」

「安心しろ。向こうはお前のことが嫌いだ」

「俺は初対面だぞ！　なんで嫌われるんだ⁉」

するとフッティは貨物輸送業者の登録一覧(リスト)を見せてきた。

「これはお前が嫌がらせをしているショウン・ライアットの資料だ。よく見てみろ」

リストにはあの白モヤシの立体映像(ホロ)が映っている。

だが、フッティが立体映像を触ると、さっきの美人に変わった。

「え？」

「ショウン・ライアットはシュメール人。つまり、お前が白モヤシと呼称する男と、パートナーにしたい美人とは同一人物だ」

信じられなかった。

でもそう言えば髪と目の色が同じだった。

彼女以外モニターにはいなかった。

「ちくしょおぉぉぉぉぉ！」

それがどういうことか理解した俺は、魂の叫びをあげた。

◇フッティ・オルグド・ポールダル◇

この馬鹿(テバル)がいきなり上げた大声が、管制塔内に響き渡った。

「なに大声あげてるんだ馬鹿」

すぐに馬鹿の口を塞ぐが、周りから睨まれてしまった。

「お前は知ってたんだよな？」

「ショウン・ライアットが、シュメール人だってことをか？」

「そうだ」

馬鹿は真剣な顔でそう尋ねてくる。

本来その質問をすること自体が、管制官として失格だ。

「俺はお前と違ってちゃんと登録一覧を閲覧したからな」

「ズルいぞお前！　なんで教えてくれなかったんだよ！」

「普通は知っておくもんだ」

はっきり言って、どうしてこいつが管制官をやっているのかが不思議でならない。

宇宙港に就職できたのは、こいつの叔父さんが宇宙港(ここ)の偉いさんだからだろうが、よりによって繊細な対応が必要な管制官はないだろう。

まあ多分、美人の通信士(オペレーター)に会えるとかの理由だろうが。

「ようし！　慰謝料をもらいにいくか！」

「慰謝料？」

またアホなことを言いだした。

「誰になんのための慰謝料をもらおうってんだ？」

「白モヤシに決まっている！　あいつが今まであんな美人になれることを隠していたことで、荒（すさ）んでしまった俺の心への慰謝料だ！」

「いくら請求する気だ？」

アホな要求だと理解しているが、好奇心から聞いてみたが、

「俺の部屋での専属メイドに決まってんだろ！」

聞いたことを後悔する結果だった。

「つーわけで俺は取り立てにいってくる」

「ほう。それはつまり仕事をサボるということだな？」

俺の後ろから聞こえた声は、俺たちの上司である管制塔責任者（コントロールバイザー）エルゼリア・コールマン部長の声だった。

「ぶ……部長……」

「テバル・ウィグルス。お前に対する苦情の量から考えて、査問委員会にかけられるのは時間の問題だが、そこに無断欠勤を加えたいらしいな？」

「いえ……その……」

コールマン部長は、とても四十代には見えない若さと美貌を保っているやり手のキャリアウーマンだ。

聞いた話では、女子大生の娘がいて姉妹に間違われるという話だ。

この馬鹿の叔父さんとも知り合いらしく、こいつが問題を起こし始めてからここの責任者になった。

多分他の人物だと、叔父さんに遠慮してしまうため、この馬鹿の監視として異動してきたのだろう。

他人にも厳しいが、それ以上に自分にも厳しく、なおかつ面倒見もいいため、部署を問わず慕われていて、ファンクラブがあるとも言われている。

かくいう俺も彼女のファンだ。

「かけられたくないならさっさと仕事をしろ！」

「「はいっ！」」

俺も思わず返事をしてしまった。

何より彼女を有名にしているのは、真面目に仕事をしない者に対して容赦ない制裁を加える『断罪者（コンベクション）』というあだ名なのだから。

◇ショウン・ライアット◇

フッティのお陰でスムーズに三十七番の停泊地に停泊することができた。

あの馬鹿（テバル）は、俺がシュメール人なのを、やっぱり知らなかったらしい。

まあ、教える気もなかったけどな。

ともかく船が到着すれば、俺の仕事は終わりだ。

「急な依頼を受けてくれて助かったよ。オムレツのサンドイッチはなかなかだったね」

「いえ、お粗末で申し訳ありません。それに、オルランゲア(向こう)で待っていたほうが、余計な出費がかさまなかったと思いますよ」

宇宙港備え付けの外部カメラモニターを指差すと、スターフライト社の高速定期便が到着する映像が映し出されていた。

どうやらストライキが収まり、飛ばしてきたらしい。

「確かにそうかもしれないが、ストライキが長期化する可能性もあったからね。リスクは回避するべきだろう？」

男性客・カルザン氏は爽やかな笑みを浮かべていた。

「あの……先程は大変失礼致しました」

それとは対照的に、恥ずかしそうに頭を下げているのは女性客のレナル女史だ。

間違いなくさっき不機嫌になったことを詫(わ)びているのだろう。

「いえ。何か失礼があったみたいで……」

「それは絶対にありませんから！」

「は……はい……」

訳のわからない迫力で否定してきたので、こっちの評判が落ちることはないだろう。

「さて、早いうちに降下シャトルに乗り込むとしようか。では失礼するよ」

「御乗船ありがとうございました」

一応愛想笑いを浮かべてみる。

ちなみに依頼終了の書類はすでにもらっているので、このまま貨物配達受付にいけば報酬がもらえるはずだ。


ここ惑星ソアクルの貨物配達受付はかなりデカイ。

俺が拠点にしている惑星オルランゲアのような半分都会半分田舎のところと違い、人口も物流も多い完全な都会だから当たり前だ。

カウンターも受注と支払いが一緒くたのオルランゲアと違い、受注と支払い、さらには貨物の種類で細かく窓口が分けられている。

なので、今回乗客を乗せた場合の支払い窓口に向かう。

「依頼終了です。手続きをお願いします」

「あらライアットさん。今日は女性なんですね」

依頼終了の書類を渡した相手は受付嬢のロナ。

ササラと違い、真面目に対応してくれる眼鏡娘だ。

「たまたま『月のもの』が来てしまって」

「それは大変ですね」

会話をしながらも、手はしっかりと動いて、手続きを終了させていく。

「腕輪型端末（リスト・コム）を検査機（チェッカー）にお願いしますね」

指示通り、腕輪型端末を検査機にかざすと、ピピッという確認用の電子音が鳴る。

「本人と確認。報酬は全額現金（キャッシュ）でよろしいですか？」

「半分は情報（データマネー）で」

「畏（かしこ）まりました」

するとまた電子音がなり、

「報酬の三十万クレジット。半分は情報で半分は現金でのお支払です。ご確認下さい」

ロナから十五万クレジットの情報と、十五万クレジットの現金をうけとった。

これで、依頼は晴れて終了だ。


船に燃料を入れてから、船内の洗濯機（ランドリー）に洗濯物を放りこむ。

自分だけとか、長期の乗客フライトならともかく、短期の場合は洗濯機は回さないようにしているので、それなりにたまっていた。

その間に、補給という名の買い出しにいく。

宇宙港には、宇宙生活をする人たちのために様々な施設が充実している。

生鮮食品・日用雑貨・衣服・服飾品・家具・寝具・書籍・娯楽品・医薬品・携帯武器・ジャンクパーツ・小型宇宙船・宇宙船パーツ等が売られている市場（マーケット）。

各種飲食店・各種ブランドショップ・映画館・図書館・スポーツジム・レンタルオフィス・スパ・病院・ホテル・風俗店なども充実している。

そのなかで、いろいろな飲食店の集まったフードコートは、貨物輸送業者の連中がよく利用している。

市場でいろいろ補充して船に積み込み、洗濯物をクローゼットにしまったあと、フードコートに晩飯を食いに行った。

このフードコートは、宇宙港なら必ずあるため、同業者が集まり、情報交換の場となっている。とはいえ、知り合いが居なければ情報交換もなにもない。

パン付きのミックスグリルのプレートにコーヒーを注文し静かに食事を楽しんでいたところ、

「ようショウン。女の姿でいるってことは、ついに俺様のカノジョになるってことだよな?」

いきなり隣に座ってきた、ガタイのデカイ、革のライダースの上下にリーゼントのこの男はトニー・マードック。

俺と同業の貨物輸送業者だ。

「いやー嬉しいぜ。ついに俺様と一緒にっ⁉」

ふざけたセリフを吐きながら、肩に手を回してくるアホの顎に、短針銃をつきつけてやった。

「一緒になんだ?」

「め……飯でも食わねえか? おごるぜ」

「ありがとう。でもおごってくれるのは今度な」

トニーが手を離したので、短針銃を仕舞う。

護身用なら光線銃（レイ・ガン）や熱線銃（ブラスター）でもいいのだが、銃の腕に自信がないので、外したときの被害を考えて短針銃にしている。

これでも殺傷は可能だから、護身には十分だ。

「兄貴。バーガーとコーラ、買ってきたっすよ」

そこに、トニーと同じように革のライダースの上下に、ソフトモヒカンという髪型の、背の低い少年が、バーガーと飲み物を持ってきた。

「あれ。ショウンさんじゃないっすか！　今日は女の子なんすね」

「『月のもの』が来てな」

「そりゃ大変っすね」

こいつはサムソン・カスタス。

トニーの子分で相棒。というか、トニーが保護しているというのが正しい。

トニーが船の運転や整備。サムは仕事の受注や交渉、情報収集や書類仕事をやっている。

はっきり言って、大人のトニーよりしっかりしているのは間違いない。

「そういえば、スターフライト社のストライキの話、知ってるっすか？」

「そのおかげで金は入ったけど、休みは返上になった」

「そっちじゃなくて、二十分前に再開されたほうっす」

これには俺もトニーも驚いた。

「おいサム。マジな話なのか、それ？」

「はいっす兄貴。なんでも朝のストを解除したのは、客がうるさいからってんで、しぶしぶ動かしたらしいっすよ」

実はサムは、情報通としてかなりの有名人だ。

どうやって入手しているかは教えてくれないが、早いうえに正確なので、いろいろなところから勧誘も多いらしい。

本人は「おいらは兄貴と一心同体っすから」と、すべて断っているらしいが。

「しかも、客船だけじゃなくて貨物関係も数日のうちにストるんじゃないかって話っす」

「つーことはあれか？　またタダ働きの強制労働かよ！」

トニーはサムの情報を聞いて苦い顔をする。

スターフライト社は、政府主体のライフラインも一部請け負っているのだが、これがなにかしらの原因でストップすると、俺たちのような貨物輸送業者が緊急で駆り出されることになる。

一応報酬は出るが、かなりきついにも拘(かか)わらず雀の涙なので、ありがたくないことこのうえない。

これを回避するためには、長めの依頼でこの辺りを離れておくことだ。

「つーわけでショウンさん。情報料がわりにツーショットお願いしまっす！」

サムは、目を輝かせながら俺に詰め寄ってくる。

嫌な予感ありありなので、断ってもいいのだが、今回以外にも情報で世話になっているので無下にもできない。

「一枚だけな」

「あざっす！」

俺に許可をもらうと、サムは汎用端末（ツール）を取り出し、俺の横に来て自撮りのために腕を伸ばす。

そして撮影の瞬間、俺の胸に思い切り自分の顔を押し付けてきた。

嫌な予感は当たった。

トニーはすぐさまサムを捕まえると、拳でこめかみをぐりぐりやりはじめた。

「サムてめえ！　なんつー羨ましいことを！」

「痛い痛い痛い！　ギブっす兄貴ー！」

仕事もできて、明るく、人当たりも良いが、エロガキなのが唯一の問題点だ。


「よう。景気良さそうだな」

「皆様。お久しぶりでございます」

トニーがサムにお仕置きをしているところに、レゲエと呼ばれるスタイルをした肌の黒い男と、パステルカラーのボディスーツを着た、顔のない女性型アンドロイドがやってきた。

男のほうはチャーリー・レックという商売人兼仲介人（ブローカー）だ。

一緒にいる顔のない女性型アンドロイドは、チャーリーの所有する秘書のティラナだ。

「まあボチボチだっ！」

「痛い痛い痛い痛い！　兄貴！　そろそろ勘弁してくださいっす！」

　トニーは力の限り、サムのこめかみを万力のようにぐりぐりしている。

「なんだ？　サムの奴はまたセクハラか？　まあ、ショウンの奴が女バージョンだからな。無理もねぇ」

「このエロガキは誰にでもそうだろう」

　さっきのツーショットがあるため、助けてはやらない。

　こいつのセクハラが俺のせいだなどと冗談じゃない。

「んなこたねぇよ。コイツは人を見てやってんだ。お前はこいつがガキだから大目に見てる。ティラナは元々が愛玩用人造人間(セクサロイド)だから気にしねぇ。だが、ササラやレディース集団なんかのおっかないのには絶対やらねぇからな」

　トニーは子分の性格を熟知しているためか容赦がない。

「トニー様。サム様の顔色が青くなっていますが……」

　ティラナがサムの様子を見て、状況を報告する。

「あ、やべぇ」

　トニーはサムの様子を見て、流石(さすが)に不味(まず)いと思って解放する。

　ぐったりしたサムをティラナが抱きかかえると、

「大丈夫ですか？」

「だ……だめかもー♪」

　しっかりその胸に顔を押し当てていた。

このティラナは、トニーが言ったように元々は安物の愛玩用人造人間だ。

そのため、事をいたすための胴体はバイオ体で、肘と膝の先と頭が機械体になっている。

特に頭は、耳の部分にヘッドフォン状のパーツがあるのと、鼻を中心とした顔の凹凸（おうとつ）があるだけで、眉・目・鼻の穴・口がなく、つるんとしている。

いわゆるのっぺらぼうというやつだ。

チャーリーは、その彼女の電子頭脳を最高級のものにグレードアップさせ、秘書として使っている。

その学習能力の高さからか、真面目で有能なうえに、のっぺらぼうであるにも拘わらず、実に感情豊かだ。

電子頭脳以外を全部バイオ体にしたらどうかと、何人かで進言したことがあるが、

「そんなことしたら拐（かどわ）かされるじゃねえか！」

の、一言で却下された。


「それで、今日は何の用だ？」

プレートはすっかり食べ終わり、残りのコーヒーを飲みながら、やって来た理由を聞いた。

「実は明後日の朝一番で、惑星ビーテンツまで荷物を頼みたい。俺たちも一緒にな」

チャーリーは最初ビールを頼もうとしたが、ティラナに止められて、仕方なくコーラを飲みなが

ら、仕事の話をしてきた。

「わりぃが、俺たちは明日の一番で逆方向だ」

「惑星ダナークズにペットフードのコンテナっす」

トニーとサムは自分たちのスケジュールを伝えてチャーリーの依頼を断る。

するとチャーリーは当然俺を見る。

「本当なら二、三日休みたいが、強制労働をやらされる可能性があるなら離れたほうがいいとはいえ積み荷によるな」

はっきり言って、強制労働をするより依頼を受けたほうが楽なので、受ける気は満々だ。

「ビーテンツの公共施設に入れる事務用品のいろいろを六十t分だ。報酬は俺たちの分も含めて三十万クレジットでどうだ？」

「それならＯＫだ。銀河貨物輸送業者組合にはきちんと通しておけよ」

「わかってるよ。助かるぜ」

「ありがとうございますショウン様」

ティラナが丁寧にお礼を言ってくる。

顔がないにも拘わらず、嬉しそうなのが伝わってくる。

そのとき、ふと先月の頭のことを思い出した。

「でもこの前、安い連中を見つけたっていってなかったか？」

「ありゃだめだ！　大損こかされた！」

かなり不愉快な思いをしたのか、トニーはコーラのカップをテーブルに叩きつけた。

「なんて連中なんだ？」

「チーム・ブラナンという、貨物輸送業者です」

「「「あー」」」

ティラナの答えに、貨物輸送業者（俺をふくめた）三人が声を揃えた。

「そいつらも貨客船持ちだったんだが、遅配・誤配・欠損・欠品は当たり前な連中だったんだ！最初は料金も安いから大目に見てやってたが、最終的に大赤字だこん畜生！」

「皆さん御存じだったのですね」

憤るチャーリーと違い、ティラナは冷静だった。

「当たり前っす。そいつら、依頼人に対する態度が悪いうえに、乗客の女性や依頼人の女性にまで手を出してたみたいっす。俺だってお客さんにそんな失礼なことはしないっすよ」

ティラナの問いにサムは得意そうに答えるが、

「してたら今頃お前はボーイズバー行きだ」

「俺は！　絶対！　お客さんに失礼なことはしないっす！」

トニーの一言に、サムは気を付けの姿勢で返事をする。

サムは、ソフトモヒカンをやめればなかなかにかわいい顔をしているため、そういう趣味の連中から人気があるらしい。

俺と同じシュメール人かと思ったが、そうではないのは確認済みだ。

「で、組合ではどっかの交通企業の業務妨害と判断して除名したのが今月のなかば。組合史上最速だったらしい」

俺はコーヒーを飲み干すと、汎用端末を取り出して予定を書き込んだ。

「そんなのによく仕事頼んだな？」

「私が定期メンテナンス中だったんです」

「「「なるほど」」」

また貨物輸送業者（同業）三人の声が揃った。

こうして食事と情報交換と仕事の受注が終わると、あとは船に帰って寝るだけだ。

願わくは、休みの間に強制労働が発令しないことを祈るだけだ。

一日ゆっくり休んだ次の日。

宇宙港の三十七番停泊地に、コンテナが運ばれてきた。

チャーリー・レックに依頼された事務用品だ。

『ホワイトカーゴ』の貨物室には百二十ｔは載せられるので、六十ｔなら十分に余裕がある。

宇宙港のリフトキャリアーが自動（オート）で丁寧に詰め込んで行くのを横目で見ながら、渡された商品一覧（リスト）を眺める。

燃料や水や食料その他は、きっちりと満タンにしてある。

そこに、チャーリーがティラナと一緒にあくびをしながらやってきた。

「おはようございますショウン様。遅れて申し訳ございません」

「積み込みはそろそろ終わりそうだな」

ティラナは丁寧にお辞儀をし、チャーリーの奴は身体をほぐしながら貨物室を覗いた。

「一応確認はしておいたが、ヤバイもんは入ってないだろうな？」

商品一覧をチャーリーに渡しながら念を押した。

信用はしているが、万が一ということがあるからだ。

「安心しろ。変な荷物を預かったりもしてねえよ」

出発直前に変な荷物を預かったら、その中身がドラッグだったたってのはよくある話だ。

チャーリーは商品一覧を受け取りながら、俺をじろじろと見つめると、残念そうにため息をついた。

「にしても、『月のもの』は終わっちまったんだな」

「まあな」

休みのうちに強制労働が来なかったのもありがたかったが、『月のもの』が終わったのもありがたい話だ。

本来は惑星オルランゲアに着いたときに、『月のもの』が終了するまで休むつもりだったのだ。

これでようやく通常運転ができる。

「せっかく両手に花で移動ができると思ったのによお。割り増しするから女になってくれよ。なろうと思えばなれるんだよな？」

「十分で一千万クレジット払うならなってやるよ」

「払えるか！」

とはいえ、払うからなれと言われたらたまったものじゃないが。

そこに、ぱんぱんと手を叩く音が響き、

「お二人とも、積み込みは終了したので、無駄話をやめてそろそろ出発しましょう」

「「はい」」

ティラナに叱られたので、出発準備を始めた。


コンテナがきっちりと固定されているのを確認したのち、貨物室の扉を閉めると、がっちりとロックをかける。

船体の周りに怪しいものがないかどうか確認する。

客を乗せ、自分も乗り込んでからタラップを外して扉を閉めてロックする。

操縦室に入り、各部のチェックを完了させると、管制塔に通信を入れる。

「管制塔。こちら登録ナンバーＳＥＣ２０１１０３。貨客船『ホワイトカーゴ』。出港許可を求む」

『こちら管制塔「ホワイトカーゴ」出港を許可する。一昨日はうちの馬鹿が大変失礼した』

またあの馬鹿（テバル）が出てくるかと思ったが、今回対応してくれたのは、管制塔責任者エルゼリア・コールマン女史だった。

「フッティのお陰でスムーズにいきましたよ。よろしく言っといてください」

『了解した。では良い航海を』

嫌がらせと下品なナンパで迎えられた入港のときとは違い、美人の笑顔で送り出される出航は良いことがありそうな予感がした。


が、予感は外れた。

あの馬鹿の呪いは意外に強力らしい。

惑星ソアクルの宇宙港を離れ、超空間跳躍が、許可される宙域に近づいたとき、こちらの進路を塞ぐ船があったからだ。

見るからに戦闘用の船で、軍のマークがあるから、いきなり撃ち落とされることはないだろう。

が、だからこそ厄介だ。

「おーい。関所ができてるぞ」

船内マイクでチャーリーたちに呼び掛けると、二人揃って慌てて操縦室にやってきた。

「ちっ！　また軍人の小遣い稼ぎかよ！」

チャーリーは軍艦を睨み付けて舌打ちをする。

正式には銀河共和国防衛軍。

つまりは政府の持っている軍隊だ。

銀河帝国・星域連邦との三つ巴の戦争が終わってから五十年。

今ではテロリストや海賊を退治するだけだが、その戦力はもう一度戦争をおっぱじめることができるだけ揃っている。

とはいえ、四六時中戦闘があるわけはなく、暇をもて余した不良軍人の中には、適当な理由で検問を行って小遣い稼ぎをする者がいる。

この行為の質の悪いところは、ＧＣＰＯ（銀河刑事警察機構）の要請を受けた、本物の検問との区別がつかないところだ。

情報を手に入れようにも、検問の情報なんか教えてくれるわけがない。

そして案の定、向こうから通信が来た。

『こちらは銀河共和国防衛軍、第二百十二派遣艦隊所属、軽巡洋艦「バルディッシュ」だ。現在麻薬密輸に対する検問を行っている。速やかに停船し、調査を受け入れたまえ』

通信士がゴツいのは、やっぱり威嚇のためなんだろうと思いながら、隣にいるチャーリーに、

「ヤバイもんはないから止まっていいよな？」

と、停船の許可を求めた。

「ああ。まともでも小遣い稼ぎでも、止まらねえとぶっぱなされるしな」

まあ、許可がなくても止まるしかない。

砲撃はもちろん、この船の足では軽巡洋艦に食いつかれるし、艦載機を出されたら絶対にアウトだ。

ともかく船を止め、向こうが連結通路を伸ばしてくるのを待つことにする。

「こちらは貨客船『ホワイトカーゴ』。調査を受け入れる。このまま待機でいいだろうか？」

『了解した。協力を感謝する。連結通路を取り付けるので、そのまま待機してくれ』

話が終わると、こちらからのマイクを切り、三人ともため息をついた。

「どう見る？」

「真面目そうな奴だったから大丈夫だとは思う」

「乗り込んでくる人物によりますよね」

三人で、まともなのか不良なのか思案しているところに、ガチャンという、連結通路が接触した音が聞こえた。

『通路を設置して、空気を注入した。ドアを開けてくれ』

「了解」

すぐにマイクをいれて返事をし、扉のロックを解除する。

そして扉が開くと、髪を短く刈り込んだ、いわゆる角刈りという髪型の、背の高いがっちりとした体格の男が腕を後ろに回した姿勢で直立しており、その後ろには、調査用の機械を持った兵士たちが控えていた。

「銀河共和国防衛軍、第二百十二派遣艦隊所属、軽巡洋艦『バルディッシュ』艦長、バルロス・クロイワーツ中佐だ。協力を感謝する」

◇バルロス・クロイワーツ◇

この船の中に入ってから、私の胸の鼓動は早鐘のように脈打っていた。

「では早速調査を開始したい。貨物室への入り口は？」

「ここです」

開けられた貨物室へのハッチを見つめてから、右手に視線を向ける。

「奥は？」

「シャワーとキッチンと寝室です」

「よし。貨物室は三人。奥は二人だ」

「「「「了解しました！」」」」

部下に指示をすると、私は船内を見回した。

その視線の先には、私の胸の高鳴りの原因がいる。

通信時に画面に映った『彼』を見た瞬間、私は自らが船に乗り込むことを決めた。

「積み荷の一覧（リスト）です。参考までに」

「拝見する」

私は乗組員のアンドロイドから渡された一覧を見るフリをしながら、チラチラと盗み見をしていた。

凛（りん）とした強い意思を持った佇（たたず）まい。

憂（うれ）いを帯びたような瞳。

抱き締めたら折れそうな身体。

全てが愛しい。

いつまでもいつまでも見つめていたい……。

「艦長。キッチンとシャワールームと寝室に異状はありませんでした」

そこに、部下が調査を終えて報告に戻ってきた。

全く無粋な奴らだ！

しかし、キッチンと寝室が終わったなら、貨物室の調査待ちになる。

こうなれば、貨物室を見ている連中の時間がかかるか、麻薬ではなくとも怪しいものが、出てきてほしい。

そうすれば、少しでもその姿を眺めることができる。

場合によっては、問い詰めるために私の船に連行して……。

「艦長。貨物室異状なしです」

仕事が早くて優秀だな貴様らはっ！

私は優秀な部下たちへの怒りで、思わず歯を食い縛った。

だが、『彼』が犯罪に手を染めていないのは良いことだ。

「どうやら異状や不審物はなかったようなので、調査は終了です。ご協力を感謝します」

私はそう告げると、爽やかな笑顔を『彼』に向けた。

「それと、我々共和国軍人の中に、違法な検問をする連中がいて、ご迷惑をお掛けしていることをお詫びいたします。軍内部でも綱紀粛正を掲げており、改善に努力しております」

これは軍から重要視されている事案だ。

「ですので、何かあったときには、此方(こちら)に連絡を」

私は、今では珍しい合成紙の名刺を手渡していく。

そして『彼』に手渡すとき、しっかりと手を握り、熱く見つめてしまった。

そのとき思わずキスをしてしまいそうになったが、なんとか踏みとどまることができた。

「では失礼します」

軽くウインクをし、また『彼』に逢えることを願いながら、私は任務を続けるべく、自分の船に戻った。

◇ショウン・ライアット◇

「つつがなく終わってくれましたね」

「正式な検問のうえに、真面目なので助かったな」

ティラナと俺は、軍人たちが出ていったのを見届け、検問が終ったことにほっとしていたのだが、

「なあ……何であの中佐は俺に爽やかな笑顔なんか向けて来やがったんだ？　何で俺の手を握ってずーっと見つめて顔を近づけてきたんだ？　なんで帰り際に俺に向けてウインクして来やがったんだ⁉」

チャーリーだけは、あの中佐殿の熱い視線とアプローチに困惑していた。

「多分……気に入られたんじゃないか？」

「冗談じゃねえ！　俺は女が好きなんだ！　お前みたいなシュメール人ならともかく、ガチムチなんて冗談じゃねえ！」

チャーリーは、冷や汗をかきながらわなわなと震えていた。

「名刺はどうなさいますか？」

「名前と連絡先(アドレス)だけ控えておいてくれ」

それでも、情報と縁を確保しておくのは流石だ。

「あと、乗ってた船の名前は絶対に把握しておいてくれ！」

「わ……わかりました」

そして、凄まじい圧力でティラナに念を押していた。


こうして、突然の検問を乗り越え、何とか超空間跳躍を実行することができた。

依頼人の心に暗雲がかかったまま……。


超空間に突入してからは、非常に穏やかな時間が続いていた。

到着まで三日かかるのと、気心の知れた仲であるため、自動航行装置に運転を任せ、操縦室から離れて過ごす時間が増えた。

なので、ティラナにも手伝ってもらって、備蓄のためのお茶菓子や、作りおき食材や保存食なんかを作っておくことにした。

料理は趣味でもあるし、長時間の航海（フライト）の退屈をまぎらわす手段でもある。

チャーリーは汎用端末を使って、買付やら、株取引やらを熱心に行っていた。

しかし、検問のときのショックが大きかったのか、俺に女になってくれと土下座をしてきた。

ティラナからのお願いもあったので、仕方なくなってやることにした。

ただし。超空間にいる間だけという約束だが。


ありがたいことに、超空間にいる間は何事もなく、惑星ビーテンツに近づいていた。

「そろそろビーテンツに到着するぞ」

乗客二人に、男の姿で報告する。

「おいおい。まだ超空間なのに男になるなよ。せっかく両手に花だったのによ」

「すぐに退出開始するから誤差みたいなもんだよ」

そういうと、すぐに操縦席に座り、超空間からの退出を開始する。

空間の歪みが収まり、通常の空間に戻っていく。

「なんだあ？」

そのとき俺の視界に飛び込んで来たのは、宇宙港から一定の距離を保ったまま、まったく進もうとしていない、船の大群だった。

大型・中型・小型。貨物に旅客に個人所有（マイシップ）にGCPOの巡視船まで、あらゆる船がひしめいていた。

「おいおいおいおい。どうなってんだこりゃ？」

「事故でもあったのでしょうか？」

俺も他の連中同様、船を止めてメインエンジンを切り、姿勢制御のためのバーニアを自動（オート）にしておく。

周りの船は、かなり待たされているのか、外観の掃除をしたり、大掛かりな整備をしたりしていた。

「まずは管制塔に聞いてみるか」

管制塔に通信を入れると、管制官の女の子が疲れた様子でモニターに現れた。

『こちらは惑星ビーテンツ宇宙港の管制塔です。ご質問されたいことは理解しております。現在ビーテンツ宇宙港は完全閉鎖されております。同時に惑星への直接アプローチも禁止されております。完全閉鎖が解除になるまで、現在の座標での待機をお願いいたします。解除時間は、予定では明後日になっていますが、現在未定です』

どうやら何度も何度もこれを繰り返しているらしく、目の光が消えていた。

「一体何があったんだ？　大規模な事故かなんかか？」

チャーリーは、のめり込むようにしながら、モニターの向こうの女の子を問い詰める。

『事故だったらどんなによかったか……』

女の子は深いため息をつき、

『現在の完全閉鎖は、銀河共和国評議員補佐官のアプリス・ユーレンド氏の命令によるものです。理由は、御自身の惑星ビーテンツ視察時の安全のためだそうです。そのため、皆様の宇宙港内への停泊禁止・惑星への直接アプローチ禁止・宇宙港内の完全撤去を命令されました。評議会の正式な要請書もあり、拒否ができませんでした。現在、宇宙港内には、管制塔内の私たち管制官と、補佐官殿の護衛以外誰一人いません。命令は三日前。私たちはここから出ることは許されず、食事は水と携帯食（エネルギーサポーター）だけ。トイレはあっても、お風呂もシャワーもありません。身体が気持ち悪いです。臭いがもの凄く気になります。通常業務中の突然の命令で着替えもありません。管制塔（ここ）から出ることもできないので着替えも買いに行けません。長椅子での仮眠しかとっていませんので身体が痛いです。その上船乗りの人たちに怒鳴られっぱなしで辛いです……』

「わ、わかった！　事情さえわかればいい」

女の子はだんだん口調が暗くなり、涙を流し始めたので、チャーリーは追及をやめた。

管制塔との通信を終えると、三人で盛大にため息をつき、

「さすがにあの様子を見ると、追及するのは可哀想だな」

「女性としては拷問に近いですよ」

「自分の船に、キッチンとランドリーとシャワーとベッドを設置しておいたのを、今日ほど英断だと思ったことはない」

通信に応えてくれた女の子に同情していた。

「とにかく、数日は動けないんだからのんびりしようぜ」

俺はこの機会に、いろいろと点検をすることにした。

そして俺が操縦室を離れようとしたとき、通知音が鳴った。

見たことのない船名からだった。

「こちらは貨客船『ホワイトカーゴ』そちらは何者だ？」

『こちらは貨物船「コキノグレモス」じゃ。久しぶりじゃなショウン！』

モニターに現れたのは、白く長い髭を蓄えた老人。

しかし、耳のところには、ヒレのような器官があり、その手の甲には、艶やかな黒い鱗があった。

「クロイドのじいちゃん！　どうしたんだよこんなところで？」

その人物に、俺は思わず歓喜の声をあげてしまった。

『はっはっはっ！　お前さんと同じで足止めを食らったに決まっとろうが』

「ああそうか。にしても久しぶりだ。じいさんの一周忌以来だよ」

『あれからもう二年か、早いのお』

クロイドのじいちゃんは、自慢の髭を撫で付けながら目を細めていた。


クロイド・ドラッケン。

俺の祖父、バルクス・ライアットの友人であり、師匠でもあった、ドラコニアル人だ。

ドラコニアル人は、人間と蜥蜴が融合したような姿をしており、耳の位置にはヒレのような器官があり、臀部の上部からは爬虫類の尻尾が生えている。

首から始まり、背中一面から尻尾全体、肩から腕の外側、脚の外側から脚の裏を除いた膝下全体にかけて鱗があるが、それ以外は見た目は人間と変わらない。

身体能力はヒューマンの倍以上あり、寿命は平均一千歳にも達する。

そのうえ、卓越した技術力や戦闘力を有し、宇宙全域の知的生命体のなかでも上位に位置づけられている種族だ。

しかもこのクロイド・ドラッケンは、ドラコニアル人のなかでもかなりの有力者で、銀河共和国は勿論、銀河帝国や星域連邦にも名の知れた実業家であり元軍人だ。

俺の祖父が友人でなければ、会うことすらできない雲の上の存在だ。

今は、というか下手をすれば俺の祖父が産まれる前から、総合企業のドラッケングループを息子夫婦に任せて、貨物輸送業者をやっているらしい。

「ところでじいちゃん、グレートウォールはどうしたんだよ？　あれだったら一発でわかったのに」

グレートウォールというのは、ドラッケングループ自慢の超弩級戦闘輸送艦で、銀河共和国防衛軍の艦隊と互角以上にやりあえるバケモノだ。

『あれはいまメンテナンス中でのぉ。コキノグレモスはもう少し小さいやつじゃ』

じいちゃんは、笑いながら髭を撫で付ける。

『どうせ動けぬし、積もる話もある。こっちに来ぬか？』

「今は客を乗せてるから、許可をもらったらで」

俺はいったんマイクを切り、チャーリーとティラナに向き直る。

「ということなんだが、どうだ？」

話を聞いていた二人に許可を求めてみる。

「お前……とんでもないのと知り合いだったんだな……」

チャーリーは驚愕の表情を浮かべながら、副操縦士（コ・パイ）の椅子に座り込む。

「正確には俺の祖父の友人だな。それでガキのころから知ってるんだよ。それで話は聞いていたと思うんだが……」

「行くに決まってんだろ！　あのドラッケングループの元・総帥、クロイド・ドラッケンに会えるんだぞ！」

「わかったわかった！　ティラナはどうだ？」

チャーリーの剣幕に押されながらも、ティラナにも尋ねた。

「私はチャーリー様がいいなら異論はありません」

二人から許可は出たので、コキノグレモスの位置を確認し、マーカーをつける。

「じゃあ、今からそっちに行くから、連結通路を頼むよ」

『わかった。準備をしておく』

俺はエンジンを始動させ、ゆっくりと船を動かし始めた。

マーカーを頼りに、じいちゃんのいるコキノグレモスに近づいていく。

グレートウォールよりは小さいといっていたが、俺たちの目の前に現れたのは、グレートウォールと変わらないデカさの、超弩級戦闘輸送艦だった。

「じいちゃん！　どこがグレートウォールより小さいんだよ！」

『二十メートルほど小さいじゃろう？』

俺が覚えている限り、グレートウォールは千六百二十五メートルだったはずだ。

じいちゃんの話から考えると、コキノグレモスは千六百五メートルということになる。

「そういうのは小さいって言わないんだよ……」

じいちゃんは、大雑把なのか細かいのかよくわからないところがある。

そのうちに、コキノグレモスの進入ハッチに接近していた。

すると、モニターにはじいちゃんではなく、通信士の男性のドラコニアル人が映った。

『「ホワイトカーゴ」。こちらからガイドビームを射出する』

「了解。『コキノグレモス』からのガイドビームを確認。自動航行装置にて接舷開始」

自動航行装置のスイッチを入れると、ゆっくりと近づいていき、停止する。

「接舷完了。停止する」

『「ホワイトカーゴ」の停止を確認。連結通路を展開する』

しばらくすると、ガチャンという連結通路が接触した音が聞こえた。

『通路を設置して、空気を注入した。ドアを開けてくれ』

「了解」

連結を確認すると、エンジンを停止し、操縦室を出る。

「いよいよ、銀河に名だたる経済界の首領（ドン）との御対面だ。このチャンスは絶対無駄にしねえぞ」

チャーリーは身だしなみをしきりにチェックし、

「顔と名前を覚えてもらうだけでいいんですから、失礼なことだけは気をつけてくださいね？」

ティラナは、襟を直したり裾を直したりと、完全に世話焼き女房だ。

気持ちはわからなくはない。

俺にとっては、ガキのころから知ってる豪快なじいちゃんだが、他の人にとっては、国家を所有しているに等しい大実業家であり、コロニーをいくつも経営する大財閥の創始者であり、元・総帥だ。

繋がりを持ちたがっている連中は星の数ほどいる。

だから俺は、じいちゃんとはあまり連絡を取らないようにしているし、知り合いであることを自慢するようなこともしてはいない。

「俺がクロイド・ドラッケンと知り合いだってのは他言無用で頼むよ」

なので、チャーリーに釘を刺しておく。

「わかってるよ。変なのに絡まれたくないからだろ？　じゃあ俺が頑張ってアポ取ったってことでいいよな？」

ちゃっかりしているが、言いふらされるよりはましだ。

「じゃあ開けるぜ」

俺が扉を開けると、そこにいたのは、じいちゃんでも保安係でもなく、三人の美女だった。

そして俺は、その三人の美女を知っていた。

「あ！　姉ちゃんたち！　乗ってたのか？」

「姉ちゃん？」

俺の言葉に、チャーリーが疑問を投げ掛けてきた。

「じいちゃんの孫で、俺のガキのころからの知り合いだ」

「てことはあれか！『ドラッケンの三姉妹』か！」

チャーリーは思わず声を上げた。


『ドラッケンの三姉妹』とは？

ドラッケングループの元・総帥、クロイド・ドラッケンの孫娘たちのことだ。

長女サラフィニア・ドラッケンは、グループ傘下の企業を幾つも経営し、その予知能力のような先見の明に、不正行為を見逃さない勘と洞察力から『魔眼の女帝』などと呼ばれている。

次女マイルヤーナ・ドラッケンは、グループが所有する交通網の全てを掌握しており、宇宙船の操縦・運用・戦闘指揮において、比類なき実力を発揮する。

三女ティナロッサ・ドラッケンは、銀河共和国中の格闘技大会を総なめした格闘家であり、ＣＱＣ（近距離格闘）ＣＱＢ（近距離戦闘）においても超一流の腕前を誇り、傘下の警備組織の全てを取り仕切っている。

そしてじいちゃん同様に、いや、下手をすればじいちゃん以上にお近づきになりたいと思っている連中は多いだろう。


その姉ちゃんたちは、なぜか一言も喋(しゃべ)らずに船のなかを見回し始めた。

祖父バルクスの一周忌のときには、船のなかを見てなかったからだろうと思い、

「姉ちゃんたちが乗ってるなんて聞いてなかったよ。久し振り……」

俺がそう話しかけた瞬間、三人はもの凄いスピードでキッチンに突撃していった。

その行動に、俺もチャーリーもティラナも呆気(あっけ)にとられてしまった。

しかし、俺はすぐに気付いた。

三人が何をしに来たか。

だが、時はすでに遅く、

「果実酒発見！　梅酒(プラムリカー)に杏酒(アプリコットリカー)に桃酒(ピーチリカー)もあるわ！」

「やったー！　レーズンサンドクッキーだ！　あ！　チョコケーキも！」

「ソーセージがあったぜ！　あと、鮪(まぐろ)の赤身の賽(さい)の目漬けがあった！」

キッチンにある冷蔵庫と食料庫は瞬く間に荒らされてしまった。


「なあ。どうなってんだこりゃ？」

チャーリーは、三人の行動に完全に困惑し、俺に視線を向けた。

「ドラコニアル人が、通常のヒューマン種よりよく食べるし、かなりのグルメなのは知ってるよな?」

「まあな。だとしても、ドラッケングループの経営者一族が食い物に困ってはいないよな?」

ではなぜ彼女たちはこのようなことをしているのか?

それは、理由はなぜかわからないが、俺の作る料理が、ドラッケン一家やその周囲の人たちの好みに合致したというのが原因だ。

ドラコニアル人は、その強靭(きょうじん)で長寿な身体を維持するために、大量の食料を必要とする。

そのうえ彼らは食へのこだわりが強く、ドラコニアル人の社会のなかでは、腕の良い料理人は尊敬の対象になる。

同時に、ヒューマン種であったとしても、ドラコニアル人に認められた料理人は一流の料理人と認められたことにもなる。

「俺の素人(しろうと)料理がたまたま気に入ったんだろ。俺をガキのころから知ってるのも含めてな」

「それはありえません。ドラコニアル人は食事に関しては一切の妥協をしません。たとえそれを作るのが身内であろうとです」

レーズンサンドクッキーを、保存用の箱ごと確保したマイルヤーナ・ドラッケン=マヤ姉ちゃんが話に入ってきた。

「むひろ身うひだからこほきひしくふるのがドラコニアル人でふよ」(むしろ身内だからこそ厳し

くするのがドラコニアル人ですよ）

「食べながら喋るなよマヤ姉ちゃん」

レーズンサンドクッキーを食べながらだが。

「らってひはひふりのショウンお手へいのおはひなんらもん」（だって久し振りのショウンお手製のお菓子なんだもん）

マイルヤーナ・ドラッケンは、紅い鱗に黒い瞳。黒い髪をポニーテールにした、見た目は女子大生くらいの美人だ。

想像してほしい。

うら若き女子大生が、クッキーの入った箱を小脇にがっちりとホールドし、ボリボリとレーズンサンドクッキーをかじっている姿を。

マスコミや雑誌に載っている彼女しかしらない人から見れば、百年の恋も冷めようと言うものだ。

しかし、冷めていない男がいた。

「はじめまして、ミス・マイルヤーナ。私はチャーリー・レックと申します。仲買人や商売人をやらせてもらっているものです」

丁寧なお辞儀をし、キリッという表情をし、マヤ姉ちゃんにスマイルを向けていた。

「……んぐっ！　はっ初めまして！　マイルヤーナ・ドラッケンと申します」

どうやらマヤ姉ちゃんは、今初めて同乗者に気がついたらしく、食べていたレーズンサンドクッキーを慌てて呑み込んで挨拶を返していた。

チャーリーはチャンスとばかり、マヤ姉ちゃんのご機嫌取りをしつつ、ビジネスの話を始めようとしていた。

「なんだ、組んで仕事するようになったのか？」

そこに、キッチンから作り置き食材と保存食の入った保存容器を抱えた、ティナロッサ・ドラッケン＝ティナ姉ちゃんが顔を出してきた。

「お客だよ。今運んでいる荷物の依頼主だ」

「そっちのアンドロイドは？」

ティナ姉ちゃんは、自家製のソーセージを齧りながら、ティラナに視線を向けた。

「初めまして。私はチャーリー様の秘書をしております、アンドロイドのティラナと申します」

丁寧に挨拶をするティラナを、ティナ姉ちゃんはソーセージを頬張りながら凝視していた。

「なんか名前似てるな」

ティナ姉ちゃんは、鱗はじいちゃんと同じ黒、長い髪は面倒くさいという理由で、ショートカットにしていて、大概はミニスカートか尻尾用の穴を空けたズボンスタイルが多い。

わかりやすくいえば、体育会系の女子高生といった外見だ。

そして、話をしている俺たちの目の前を、いつの間に持ち込んだのか、ホバー式の台車を駆使して果実酒の入ったビンを大量に持ち出そうとしているのが、三姉妹の長女サラフィニア・ドラッケンである。

「サラ姉ちゃん。勝手に持ち出そうとするな」

「いいじゃない！　こんなにいっぱいあるんだから！」

蒼い鱗に、ウェーブのかかったロングヘアー。姉妹一のプロポーションの持ち主で、様々な酒のソムリエの資格を持つ大酒飲みである。

もともとドラゴニアル人は酒好きではあるのだが、サラ姉ちゃんは輪をかけて大好きだ。

「ご自慢の酒蔵（リカーストレージ）になら、贈答品やら献上品やらの高級品が唸（うな）るほどあるだろ！」

「だってこれ美味しいんだもん！」

果実酒のビンを守るように抱き付いて駄々をこねる姿は、『魔眼の女帝』の二つ名も台なしだ。

まあ、そういう姿を見せても構わないと思われるほどに受け入れられているのは、祖父も両親も他界した天涯孤独の身としてはありがたいことではある。

そして後の二人も、それぞれ台車を持ち出して、菓子や作り置き食材や保存食をごっそり持ち出し始めている。

これはもう諦めるしかない。

この三人が、気に入った料理を手放すことはまずないからだ。

そこに、新たに人影が入ってきた。

「いいかげんにせんか！」

「「お爺様！／じいちゃん！」」

護衛を数人引き連れてやってきたじいちゃんは、姉ちゃんたちを一喝したあとに、深いため息をついた。

「まったく……相手がショウンで、赤ん坊同然のときから知っているからというて、気の抜きすぎ。失礼すぎ。迷惑のかけすぎじゃ」

姉ちゃんたちはじいちゃんに説教されて少しはしゅんとするが、確保した食品は絶対手放さないのはさすがだ。

「すまんの。材料費は全額弁償するでな」

「頼むよ。流石にキツイ」

じいちゃんも、姉ちゃんたちが戦利品を手放さないのは理解しているので、賠償が基本対応だ。

その理由としては、じいちゃんも俺の料理を気に入っているからだ。

だが姉ちゃんたちと違って、強奪をしていかない。

それがありがたい。

というかそれが普通の行動だ。

なので俺は、その差をわからせるために、寝室に向かい、備え付けてある小さな冷蔵庫から、業務用の大型保存容器を取り出して戻ってくると、

「初めまして！　私は、仲介人のチャーリー・レックと申します！　ドラッケングループ元・総帥、クロイド・ドラッケン氏にお目にかかれて光栄です！」

チャーリーの奴がじいちゃんの手を取り、嬉しそうに挨拶をしていた。

ちなみに、姉ちゃんたちは残っているが、食材や調味料を除いた、作り置きと菓子類と果実酒は全部、自分の乗ってる船（コキノグレモス）へ、じいちゃんの護衛の人たちに運ばせてしまっていた。

「じいちゃん。ちょっといい？」

じいちゃんとの邂逅（かいこう）を邪魔されたことに、チャーリーが睨み付けてくる。

「そう睨むなよ。ティラナ。ちょっとこれ持ってて」

「はい。わかりましたけど……」

俺はチャーリーに笑いかけ、ティラナに保存容器を渡す。

困惑するティラナを余所に、俺はじいちゃんに視線を向ける。

「じいちゃん。これ、チャーリーに頼まれてたんだけど、チャーリーが譲ってくれるってさ」

「ん？　なんじゃ？」

じいちゃんが覗き込んできたところで、俺は保存容器の蓋を開ける。

「おお！　これはありがたい♪　いやあ、すまんのお♪」

そう言ってじいちゃんは、にこにこしながらチャーリーの手を取って礼をいう。

どういうことかすぐに理解したチャーリーは、

「いえいえ。是非ともお近づきの印に！」

すぐさま話を合わせてきた。

ちなみにその保存容器の中身は『煮卵』だ。

半熟の茹（ゆ）で卵をつくり、特製の醤油ダレに最低一晩漬けておく。

これは、超空間跳躍に入ったその日に仕込んだもので、三日は漬けてある。

そのときはキッチンの冷蔵庫がいっぱいだったので、寝室に備え付けてある小さな冷蔵庫に入れておいたのだ。

ドラコニアル人は種族として酒好きだが、卵も好物だ。

その中でも、ドラッケン一家やその周囲の人たちの好みにあったのが、特製の醤油ダレに浸けた煮卵だったわけだ。

そしてもちろん、それに気がつかない姉ちゃんたちではない。

「ショウン！　お前、隠してたな！」

「お客さんのものなんだから当たり前じゃないか」

ティナ姉ちゃんが襟首を掴んでくるが、抵抗はしない。

「お爺様！　私にも分けてくださいね！　ね？」

マヤ姉ちゃんは早くもじいちゃんにおねだりし、

「ショウンちゃん！　私にも作ってほしいなぁ？」

「材料がないから無理」

「え～⁉」

サラ姉ちゃんは、すぐ俺に作製を依頼してくる。

この辺り姉妹の性格の差が出ているのが面白い。

じいちゃんは、ティラナから『煮卵』を受けとると、

「ではこれはゆっくりと楽しませてもらおうかの。ショウン。あとお客人も一緒に、こっちの船で食事を一緒にどうじゃな？」

しっかり抱えて、嬉しそうに自分の船に帰っていく。

俺もチャーリーも断る理由はないので、ついていくことにする。

ティラナは残ろうとしたが、チャーリーが腰に手を回して強引に同行させた。

チャーリーいわく、

「秘書は同行するのが当たり前」

だそうだ。

まあ、銀河標準時も昼過ぎだし、しっかりお呼ばれすることにしよう。

じいちゃんの船(コキノグレモス)での昼食(ランチ)は、賑(にぎ)やかなものになった。

お互いに持っている情報の交換から始まり。

じいちゃんにプレゼントした煮卵を、姉ちゃんたちが羨ましそうに見つめておねだりしたり。

チャーリーが興奮しながら自分のビジネスを語ったり。

サラ姉ちゃんがティラナにセクハラをしまくったり。

ティナ姉ちゃんが海賊と白兵戦をした自分の話でエキサイトしすぎてテーブルを壊したりなど、
とにかく騒がしかった。

そして一番しつこかったのも、サラ姉ちゃんだった。

「ねーショウンちゃん。いい加減うちの子になりなさいよぉ。女の子に固定して、ドラコニアル人になるための遺伝子操作受けてさぁ。四姉妹になろうよぉ」

「いやだっていってるだろ」

「どうして私がこんなに説得しようとしているかわかってるの？」

瞳を潤ませて訴えてくるが、サラ姉ちゃんの魂胆はわかっている。

「果実酒が好きなだけ飲めて、酒の肴を作らせるためだろう？」

「当たりー！」

もちろん俺を心配しているのもわかるのだが、明らかに酒と料理目当てなのはいただけない。

今でも十分に家族みたいなものなのだからいまさらだ。


賑やかな昼食が終わったあと、俺とチャーリーたちは『ホワイトカーゴ』に戻った。

姉ちゃんたちは泊まっていけと言ってきたが、そろそろ宇宙港の閉鎖が解除になるらしいという情報が入り、船にいたほうがいいという判断をしたからだ。

当然、姉ちゃんたちが夕食をたかりに来たのは言うまでもない。

昼食以上にやかましくなった夕食が終わると、洗い物を終わらせてから、すぐに眠ってしまった。

その夜の夢見は、良かったように思う。

◇アプリス・ユーレンド◇

惑星ビーテンツ宇宙港の停泊地を出ると、部下たちが綺麗に整列している。

そして部下たち以外は誰もいない。

実に気持ちがよい。

この私のような高貴な人間が通行する空間はこうでなくてはいけない。

下賤な愚民が宇宙港内にいること自体が、この私に対する不敬だ。

本来ならこちらから指示を出すまでもなく、自主的にこうあるべきなのだ。

「ユーレンド閣下。お待ち申上げておりました」

部下の筆頭が、うやうやしく頭をさげる。

名前はなんだったか？

まあ、些末なことだ。

「命令通り、三日前から無人にしておいたようだな」

「はい。空気を全て入れ替え、誘導に必要な管制官たちは、管制塔から誰一人出しておりません」

「うむ。当然だ」

私のような高貴な人間が通行する空間は、清浄でなければならない。

下賤な愚民が呼吸した空気など、吸いたくもない。

それだけ高貴な私が、銀河共和国評議員補佐官に甘んじているのは、高貴ではない出身の評議員を全て駆逐するためだ。

成り上がりの下賤な愚民。その下賤な愚民に媚(こ)びを売る愚か者。頭が良いだけの小娘。税政改革などという世迷言を吠える小僧など、評議員に相応しくない者共全てを駆逐し、評議員全てが高貴な者たちで満たされたとき、彼らから懇願され、私が永世評議長に抜擢(ばってき)されるのだ。

これは銀河にとって、偉大なる歴史の転換点となるだろう。

「お待ちしておりましたユーレンド閣下」

私の前に現れたのは、惑星ビーテンツの評議員の部下で、私のように高貴な人間が評議員になることを望んでいる下賤にしては殊勝な者だ。

私が永世評議長になったときには、小間使いくらいには使ってやっても良いだろう。

だがなにより、そいつの後ろにいる者たちのほうが重要だ。

「お前などよりこちらだ」

私が向かったのは、私好みの、私に相応しい美しい女たちのほうだ。

女たちは心得たもので、私に抱きつき、その身体を惜しみなく擦り付けてくる。

特に、自分の胸を私の顔や頭に熱心に押し付けてくる。

私のような高貴な人間にふれることは、この女たちにとっては、至上の喜びであろうから仕方のないことだ。

しかしなんだ。

随分と激しく抱き付いてくるな。

「おい。そろそろ離れろ。離れろというのがわからんのか！」

だが女たちは私を離そうとしない。

それどころか、人間とは思えない力で締め上げてくる。

「殺せっ！　この女を殺せっ！」

その瞬間、護衛が女の頭を吹き飛ばす。

案の定、女はアンドロイドだったが、それでも私を締め上げる力は緩まなかった。

私は目の前の、おろおろしている下賎な男を睨み付ける。

おそらくこいつの仕業だ。

やはり下賎な愚民など近寄らせるのではなかった。

「この愚民を殺せっ！　いや、それよりこれを早く外せ！　早くっ！　早くしないかこの役立たずどもがぁっ！」

めきょっぐちゃっ

◇ショウン・ライアット◇
翌朝。

テレビをつけてみると、全部のチャンネルが、評議員補佐官アプリス・ユーレンド死亡のニュースをやっていた。

死亡した場所は目の前の惑星ビーテンツの宇宙港内部。

出迎えの女性型アンドロイドに、頭を締め潰されたらしい。

チャンネルによって分析がまちまちで、事故死と報道するところもあれば、アンドロイドを用意したビーテンツの職員の仕業だとするところもあり、さらには銀河帝国の貴族至上主義者との確執から来る暗殺劇だという、荒唐無稽な癖に、やけに証拠らしきものが揃いすぎているものなど、バラエティーに溢(あふ)れる内容ばかりだった。

だが一番重要なのは、ビーテンツの宇宙港が、銀河標準時で明日の朝には開放されるということだ。

惑星上への直接アプローチは銀河標準時で本日の正午から許可が下りるが、宇宙港の方は、職員の呼び戻し、修理・点検(メンテナンス)、商品や食材の搬入、軟禁同然だった管制塔管制官たちの病院への搬送と引き継ぎなどで、どうしても時間がかかるらしい。

じいちゃんの船(コキノグレモス)は、直接アプローチをすることにしたらしい。

まあ、あの船なら燃料うんぬんのケチ臭いことは言わないから当たり前だ。

俺の船は直接アプローチができないことはないが、燃料(ガス)を食うのでやりたくない。

配達期限は余裕があるし、今回のニュースは銀河中に流れているだろうから、理由を察してくれるだろう。

まあ、配達場所が、目の前だから問題はない。

ともかく、宇宙港が開放されるのなら、明日の朝までのんびりするにかぎる。

奪われた食材の代金もはらってもらったし、買い出しのリストでも作っておくかな。

▽▽▽▽

【抹消される通信記録】

……私です。処理は完了しました

……はい

傲慢な男の惨めな死は、十分に演出できたはずです

まさか本人自らが、宇宙港や惑星への直接アプローチの全面封鎖を言い出すとは思いませんでしたが……

宇宙港の職員や船乗り(セイラー)たちには申し訳なかったと思いますが、おかげで彼らは疑われることがありません

……はい

後処理も完璧です

元々、帝国の貴族至上主義じみた考えをしていましたから、怪しまれることはないかと……

ビーテンツ政府としても、不良品処理のための足掛かりができたはずです

……ええ

……はい。ではそのように

では失礼いたします

評議長閣下……

【通信抹消】

▽▽▽▽

作者による業務日誌解読のための用語解説

【貨物輸送業者（トランスポーター）】

個人、もしくは複数で貨物船を所有し、貨物の輸送をする人たちのことを指します。わかりやすく言えば、物流トラックの運転手ですね。

【銀河貨物輸送業者組合（ギャラクシートランスポーターギルド）】

依頼人からの貨物輸送の依頼を輸送業者に振り分けるのが主な仕事ですが、それ以外にも業者による不正や違反などの調査・監督、依頼者側の素性や犯罪性の有無などの調査なども行っています。

【超空間跳躍（ハイパースペースジャンプ）】

距離を十分の一までに短縮できる不思議な空間を利用して移動することを言います。

【宇宙港（ポート）】

惑星の衛星軌道上に設置されている、宇宙船用の港湾コロニーのことです。港と言っていますが、十万人クラスの都市機能も備え、実際に宇宙港内部で生活している人もいます。

【シュメール人】

過酷な環境に陥った人類の進化の結果とも、遺伝子操作による改良人類とも言われている、雌雄同体のヒューマノイドのことです。

男女どちらかの性別で産まれてきて、成長するともう片方の性別に変身することができるようになります。

そのため、シュメール人は例外なく中性的な容姿になり、変身時に髪が伸び縮みする個体も確認されています。

同時に、雌性体＝女性の姿のときには、雄性体＝男性のときの姿を連想させづらいように、乳房がより肥大する傾向にあり、精神傾向＝心は産まれたときの性別に準ずるが、基本的には男女のどちらに対しても恋愛感情を持つことは可能になっています。

過酷な環境に陥っていたためか、子孫を残すための期間を長くするため、若い時間が長くなっており、五十歳後半くらいまでは、二十代前半から三十代後半くらいの姿を保つことができます。

普通のヒューマノイド同士でもたまに産まれることがあるため、現在は人権や権利は完全に保障されているのですが、生態が確認された初期には、迫害・人権剥奪などが行われていました。

今現在でも、差別的な考えを持つ者たちが極一部いますが、減少傾向にはなっているようです。

雌雄同体であるシュメール人は、同じ雌雄同体の生物になぞらえて、『カタツムリ』『スネイル』などの蔑称で呼ばれることがあり、それをシュメール人以外が口にすることは、差別発言になります。

シュメール人に対する迷信として、シュメール人は産まれる直前に、決定された基本性別とは逆の性別に性転換をし、基本性別すら一時的に変更させると言われています。

それは同性の眼で意中の相手を探し、同性の視点から魅力的な異性を観察するためだと言われていますが、全てガセです。


【月のもの】

シュメール人が生存用の機能を維持するための身体生理現象で、月に一度、産まれたときとは逆の性別になってしまうというもので、大抵は一日か二日で終了します。

シュメール人特有の文化として、変身ができるようになると、基本性別が男子のものも一緒に、女性用の化粧・ヘアーセット・下着の付け方などのレクチャーを受ける機会が設けられます。


【シュメール人差別主義者】

シュメール人はヒューマノイドの中での劣等種であり、シュメール人という人類の括りで呼ぶべきではなく、『カタツムリ』と呼称するべきだと、本気で考えている連中のことをさします。

もちろん現在では、全宇宙を通して立派な差別思想であり、それを口にするのも立派な犯罪として、取り締まりの対象になります。

この思想にとりつかれるのは一部の半端な上流階級（帝国貴族の男爵や子爵・共和国・星域連邦のそれなりの金持ちなど）が多いようです。

そもそもシュメール人の迫害を始めたのは人間(ヒューマン)で、その理由は、

『シュメール人に振られたから』

『私の恋人がシュメール人に取られたから』

『若い時間が長くて羨ましい』

などの嫉妬の感情に端を発したと言われています。


ちなみにこれを主張するのは純粋なヒューマン（人間種）だけで、ビステルト人（ビーストノイド：獣人種）やドラコニアル人（ドラコノイド：竜人種）やサロック人（一つ目）・ロブワ人（多腕）などのデミノイド（亜人種）には全く見られません。


【ドラコニアル人】

人間と、東洋のドラゴンが合わさったような種族であり、基本的なシルエットはほぼ人間と変わりません。

ですが、種族の特徴として、耳はエラのような皮膜の器官であり、腰の部分には太い爬虫類の尻尾があり、首から始まり、背中一面から尻尾の全体、肩から腕の外側、脚の外側から脚の裏を除いた膝下全体にかけて鱗があります。

身体能力はヒューマンの倍以上あり、寿命は平均一千歳にも達します。

その上、卓越した技術力や戦闘力を有し、宇宙全域の知的生命体のなかでも上位に位置づけられ

ているのです。

　そしてその強靭で長寿な身体を維持するために、大量の食料を必要とする上に、彼らは食へのこだわりが強く、ドラコニアル人の社会のなかでは、腕の良い料理人は尊敬の対象になり、通常のヒューマン種であっても、ドラコニアル人に認められた料理人は一流の料理人と認められた事にもなるそうです。

　ちなみに彼らは種族的に酒と卵が好物なため、この二つは大量に用意する必要があります。

ファイル02　ありがたくない天使は実在する

◇ショウン・ライアット◇

惑星ビーテンツでの、宇宙港閉鎖に始まった評議員補佐官死亡事件から三日。

宇宙港はいつものような日常の風景に戻っていた。

その宇宙港のマーケットで、不足品を買い足しながら、船のメンテナンスも考えて、拠点のオルランゲアに帰ることを考えていた。

都合よくオルランゲア行きの仕事があればいいが、なければ空でもいいだろう。

買い足したものを船に積み込むと、貨物配達受付（いつものカウンター）に向かった。

だがそこには、厄介な連中がいた。

気がついていないフリをして、用件を済まそうとしたが、運悪く見つかってしまった。

「久し振りだなショウン・ライアット。私の船に料理長（コック）として乗ってくれる気にはなったかな?」

ドラッケンの姉ちゃんたちみたいなことをぬかしてくるこいつは、貨物輸送業者（同業）のウィオラ・ザバル。

俺やトニーのような小規模ではなく、複数の船を所有して仕事を請け負う『船団（チーム）』を組織している中規模の貨物輸送業者集団のトップで、チーム名は『天使の宅配便（エンジェル・キャリアー）』だ。

「なってない。何度も断ってるのにしつこいぞ」

俺はうんざりしながら、キッパリと断る。

するとやっぱり、一番厄介なのが噛(か)み付いてきた。

「貴様！　ザバル団長がお声掛けしてくださったというのに、その不敬な態度はなんだ！」

こいつは、リリーナ・フレマックスといい、とにかく俺に噛み付いてくる天使の宅配便の副団長(サブリーダー)だ。

「じゃあお前は、俺がこの場で泣いて喜んで、チームに入ったほうがいいってのか？」

「貴様みたいなカタツムリが我々の仲間になるなど反吐が出るわ！」

「じゃあ俺が断ってるのは願ったり叶ったりじゃないか」

「ザバル団長のお誘いを断るなど、無礼千万！　万死に値する！」

「毎度毎度面倒くせえなあもう！」

こいつが噛み付いてくる理由は簡単だ。

団長のザバルが、自分以外の人間に話しかけるのが気にくわないのだ。

仲間に話しかけるのは許容しているらしいが、外部、特に男相手は許せないらしい。

ちなみに、こいつらの天使の宅配便(チーム)は全員が女で、同性愛者（レズビアン）であるザバルのハーレムメンバーなのは有名な話だ。

そう、以前トニーの話にでてきたレディース集団とは、こいつらのことだ。

「やめないかリリーナ！　今のお前の発言は、全てのシュメール人に対する差別用語だ」

ザバルは厳しい表情をしながら、フレマックスを叱責する。

「もっ、申し訳ありませんでした！」

「謝るのは私にではないだろう？」

ザバルに叱責されたフレマックスは、お前のせいで団長に怒られたじゃないか。何でお前になんかに頭を下げて謝罪しないといけないんだと睨み付けながらも、

「申し訳ありませんでした……」

と、しっかりと頭を下げてくる。

さすがによくしつけてある。

「すまないな。しっかりと言い聞かせておくので許してもらえないだろうか？」

「慣れてるから気にしなくていい」

このように、ザバル本人は、
船乗りとしての実力。

船団のトップとしての統率能力。

度量の広さ。

好感のもてる人柄。

おまけにモデル顔負けのスタイルと美貌を持っていることもあり、好ましい人物なのは間違いない。

その部下たちも、それなりにしっかりした連中ばかり。

なのだが……。

一部はこのフレマックスのように、信奉者、いや、狂信者みたいなやつがいるのが問題なのだ。

特にこのリリーナ・フレマックスは、ことある毎に俺に噛み付いてくる。

なので、キッパリ無視して早々に仕事の話をして、この場を切り上げることにした。

「そっちはどこ行きなんだ?」

「今からオルランゲアだ」

「取られたか……」

期待はしていなかったが、いざ取られたとなるとなんとなく悔しい。

「なにかあるのかな?」

「いや、メンテのために戻ろうかと思ってな。ついではないかなと」

「まだいくつかはあったはずだ。急ぐといい」

「そうか。ありがとうよ」

「なあに。うちに来る気になったらいつでも連絡をくれ」

そういって離れていくザバルの横では、フレマックスがこちらを向いて思い切り睨み付け、舌を出していた。


天使の宅配便と離れると、ようやく貨物配達受付にたどりつけた。

「いらっしゃいませ、惑星ビーテンツ銀河貨物輸送業者組合へようこそ!」

「惑星オルランゲア行きの依頼はまだ残ってるかな?」

「少々お待ちください」

カウンターにいたのはビステルト人・キーゼル種の女の子だった。

ビステルト人というのは、ヒューマンの外見に動物の特徴がくっついた感じの種族だ。

わかりやすくいうと、大昔のヒューマン発祥の星の昔話に出てきた獣人というやつだ。

そのなかで、キーゼル種というのは猫科の特徴がでている連中のことを指す。

探している間も猫耳がピクピクと動いて、思わず撫でたくなる。

そのうちに、彼女が一覧を出してきた。

「現在、惑星オルランゲア行きの依頼はこれだけです」

一覧には惑星オルランゲア行きの仕事が五つほど並んでいたが、そのうち三つは俺の船では運べないもので、運べるものの一つは既に受領されていた。

その運べないものの一つを受けていたのは、天使の宅配便だった。

「宝石の輸送？」

「はい。こちらは、惑星オルランゲアにある美術館で、来週に開催される『銀河大宝石展』に展示される宝石類の輸送依頼です」

なんとなく呟(つぶや)いたことに、彼女は律儀に答えてくれた。

そして残っていた依頼は、同じくオルランゲアにある美術館で開催される、『銀河市民芸術祭』に出品する応募作品の輸送だけだった。

「じゃあこれを受けるよ」

「かしこまりました。では、腕輪型端末を検査機にお願いしますね」

言われたとおり、腕輪型端末を検査機にかざす。

「これで受注完了いたしました。では、明日の朝、午前九時までに、こちらのカウンターにいらしてください」

「わかった。よろしく頼む」

そうして依頼を受注し、船に帰ろうと振り向いたとき、随分と場違いな雰囲気の女性が怪しいくらいキョロキョロしていたのを見つけてしまった。

だが実はこれはよくある光景。

貨物配達受付という名称から、『送りたい荷物を受け付ける場所』と間違える人が多いからだ。

荷物の配達を頼むときは、『配達依頼受付』の方にいかないといけない。

もちろん係員もなれたもので、その場違いな雰囲気の女性をささっと連れていってしまった。

「あ、それから」

「ん？　なにか？」

帰ろうとした俺を、猫耳の子が呼び止めてきた。

「最近この辺りの宙域で、海賊が出ているみたいなんです。連絡のついていない人が多数いるうえに、船の破片があちこちでたくさん見つかっています。なので、気をつけてくださいね」

「ああ、ありがとう。気を付けるよ」

お礼を言うと、今度こそ船に帰った。

◇リリーナ・フレマックス◇

腹が立つ。

ものすごく腹が立つ。

どうしてあんなカタツムリがザバル団長に気に入られるのだ！

確かに最初の出会いは、
私たちの船が小惑星地帯で座礁し、長距離用の通信も壊れて立ち往生していたときに助けてくれたことだった。

食糧も空になっていた私たちに、備蓄を放出して、美味しすぎる料理を振る舞ってくれた。

救助の船が来るまではと、配達先に連絡してその場に留(とど)まってくれた。

そしてその見た目は、ザバル団長も見とれたほどの美女だった。

なのにっ！　なんでっ！

次の日の朝に男になっているんだっ！

ザバル団長や他のメンバーは、最初に自分がシュメール人だと説明したと言っているが、私は聞いていないっ！

決して、美貌に見とれて聞いていなかったなどということはないっ！

ないったらないっ！

つまり、私はあいつに騙(だま)されたのだ！

ザバル団長にあいつを仲間に引き入れましょうと熱弁したのも、作ってくれたデザートのティラミスが美味しくて、三つもおかわりしてしまったのも、全部あいつに騙されたせいなのだ！

シュメール人であったとしても、普段から女でいるなら問題ない。

だがあいつは普段は男だという。

ならあいつは男だ。

汚らわしい男だ！

なのにどうして！

ザバル団長はあいつを仲間に引き込もうとするんだ⁉

確かにあいつの作ったチキンのクリームスープは美味しかった。

ザバル団長はすごく気に入っていた。

仲間の子たちの何人かは眼がハートになっていた。

でもあいつは男だ！

男なんだぁー！

◇ショウン・ライアット◇

翌日からは実に順調だった。

予定時間の十五分前にカウンター前に行き、問題なく荷物を積み込み、各部チェックにも異状もなく、手続きをしてくれた管制塔管制官は、初日に泣きながら説明をしてくれた彼女だった。

あのときと違い、実に爽やかな笑顔で答えてくれた。

超空間に入ってもトラブルが起こることなく、惑星オルランゲアまでの四日間の半分が過ぎていった。

だがその順調な航海も、三日目の朝に、突然終わりを告げた。

朝食を食べ終わり、コックピットに座ると同時に、船内灯が赤い光になり、けたたましい音が鳴り響いた。

「照準固定警報(ロックアラート)⁉」

俺は急いで操縦桿を握り、回避行動を取った。

ビームの衝撃で船体が振動し、コックピットのフロントガラスからは、通りすぎていくビームの軌跡が確認できた。

「くそっ！　どこの馬鹿だ！」

通常、超空間での戦闘は、戦時下での何らかの作戦を除いては、海賊でもやらない。

いくら超空間がそれなりに安定しているとはいえ、何が起こるかわからないからだ。

それなのに、襲ってきた奴は平然とビームをぶっぱなしやがった。

向こうはさらに発砲。

それを何とかかわしながら、ＧＣＰＯ通報する。

が、通信が妨害(ジャミング)されているらしく、雑音が聞こえるだけだった。

それならばと超空間からの脱出の準備をする。

通常空間に出れば、妨害は超空間で遮断され、通信ができるはずだ。

もちろん追って来るだろうから、一瞬ではあるだろうが。

そのとき、相手から通信が来た。

どうやら、自分たちとだけは会話ができるように調整したらしい。

誰かは知らないが、やり取りを録画しておくことにするべく、録画装置(レコーダー)を起動させ、通信を受けた。

そして、モニターに現れたのは、銀河共和国国立・防衛軍養成学校の制服を着た、ふてぶてしい面(つら)をしたガキだった。

すぐに相手の船体登録証明(レジストレーション)と登録ナンバーを確認する。

そしてそれは間違いなく、防衛軍養成学校の航海練習艦だった。

『前方の輸送船に告げる。今すぐ停船し検閲を受けろ。さもなくば撃ち落とす』

「ふざけるなよ卵どもが！　お前らに検閲をする権限はないだろうが!!」

そう、養成学校の学生が運航する航海練習艦には、正規の軍艦のように、検問や検閲をする権限はないのだ。

『俺にはあるんだよ！　いいからさっさと止まれ！』

「検閲の手順もルールも知らない馬鹿に従うつもりはないね」

相手と会話をしながらも、超空間からの脱出準備、ＧＣＰＯへのＳＯＳ信号(シグナル)の発信準備を整えていく。

『お前……俺の親父が誰だかわかっているのか？』

「知らねえな」

『俺の親父はなぁ……銀河共和国防衛軍東部方面司令官アルバンセ・ムスタグ。俺はその息子のデルノフ・ムスタグだ！』

なるほどというかやっぱりというか、このガキは、自分の父親が軍の偉いさんだから、このぐらいはもみ消してくれるだろうと確信し、こんなことをしているのだろう。

だが、昨日の猫耳の子から聞いた話だと、揉み消せるレベルは確実に越えているだろう。

あるいは、別に本物の海賊がいるのかも知れない。

「ひょっとして最近船の残骸が多いってのはお前らの仕業か？」

『大人しく積み荷を寄越せばいいのに、俺に逆らった馬鹿には当然の報いだ！　最低限の燃料だけ残して解放した後は、射的の的にしてやったぜ！』

艦長席（キャプテンシート）に座っているガキ以外の笑い声も聞こえてきた。

どうやらこいつらが海賊で間違いないようだ。


ガキ共は、何が面白いのか、ブリッジにいる全員で馬鹿笑いをしつつ、会話をしていた。

内容は、今まで撃ち落としてきた相手とのやり取りを馬鹿にした話だったり、相手の命請いに応じて、相手が安堵したところに主砲を撃ちこんだ話だったり、乗組員に女性がいたときには、助けてやる代わりに犯（や）らせろと脅迫し、楽しんだあとにやっぱり助けない。などと、海賊（本職）顔負けの極悪非道っぷりな内容だった。

それをわざわざ聞かせているのは、脅しのつもりなのだろう。

そのあいだに、GCPOへのSOS信号には、目の前の航海練習艦の船体登録証明と登録ナンバーの情報と、何が起こったかを詳細に書き込み、超空間からの脱出のための準備も整った。

ので、今のうちこっそりと、超空間から脱出してやった。

もちろん、すぐさまSOS信号を発信し、エンジン全開で距離を稼ぎ始める。

するとすぐにGCPOから通信がきた。

『こちらはGCPOオルランゲア支部だ。軍の練習艦が海賊をしているとはどういうことだ⁉』

職員は、困惑しながらもこちらの現状を尋ねてくる。

「もしかすると、練習艦が乗っ取られたのかも知れない。乗っていたのは確かに学生の年齢層だったが、未成年の海賊がいない訳じゃない」

そう説明はしたが、あいつらは間違いなく養成学校の学生だろう。

「とにかく早いとこ来てくれないと宇宙の藻屑(もくず)にされちまう！」

『わかった！　迅速に……ガガーッ！』

ズドン！

通信が切れた次の瞬間、船がとにかく揺れ、あり得ない方向に吹き飛ばされているのだけがわかった。

だが次の瞬間、船がいきなり停止した。

操縦席に座ってベルトをしていたため、壁に叩き付けられることはなかったが、脳みそはしっっかりシェイクされた。

モニターには、エンジンの片方が破壊された際の警報が鳴っていた。

おまけに竜骨（キール）にまで損傷が出たらしい。

照準固定警報がなかったことから、どうやらビームで吹き飛ばされた訳ではなさそうだ。

そして船が停止した理由は、牽引光線（トラクタービーム）に捕まったからなのは間違いないだろう。

『やるじゃねえか。俺たちに気が付かれずに脱出するなんてよ。お前の船の積み荷のことがなきゃ、主砲で吹き飛ばしてやるところだぜ』

ガキ大将が強制的に通信を繋げ、マウントを取りにきた。

「ビームを射たずに、どうやって俺の船をぶち壊してくれたんだか教えてほしいねえ」

俺が悔しそうに吐き捨てると、見下すようににやつき、

『俺の船の操舵士は優秀でな、お前の船のエンジンだけ壊せるように船首を当てることくらい簡単なんだよ』

気分よくペラペラと話してくれて、

『いまから戦闘機用の格納庫に入れて、荷物をいただくことにする。ブルッて待ってな♪　はははははは！』

馬鹿笑いをしながら通信を切った。

回収されるまでの時間は少ない。

そのあいだに、装備をしておくことにしよう。

◇養成学校生徒A◇
拿捕された貨物船が、牽引光線に捕らえられた状態で格納庫内に入ってくる。

格納庫内のアームが貨物船を掴み、ドロイドが火の出ている箇所に消火剤を吹き付ける。

「ようやくお宝と対面だな」

「でもよぉ。どうせあの議員の娘が全部持ってくんだろ？」

「最初にいくつかもらっておくに決まってんだろ？」

船に近づいていく連中は、そんなことを話しながら銃の点検をしていた。

無抵抗の相手に銃を突きつけるのが楽しいらしい。

俺は銃撃戦が楽しみたいけどな。

貨物船が床に完全固定されると、貨物船の貨物ハッチが開き始めた。

貨物ハッチが三分の一ほど開いたときに、先頭にいた三人が急に倒れてしまった。

「おい！　どうした？」

数人が彼らに近づいていった。

すると、またそいつらは急に倒れてしまった。

何かある。

そう思った瞬間、半分開いた貨物ハッチから何かが飛び出してきた。

それに、一番近くの奴がやられた。

俺は慌てて光線銃を構えようとして……。

◇ショウン・ライアット◇

……少し時間が巻き戻る……

ガタンと大きな音がして、船が固定されたのがわかった。

俺は貨物ハッチのスイッチを押し、短針銃をホルスターから抜いた。

そしてゆっくり開いていく貨物ハッチを見つめ、頭のようなものが見えた瞬間に、短針銃の引き金を引いた。

「おい！　どうした？」

外から声が聞こえ、新しく頭が見える。

すぐさま短針銃の引き金を引き、頭が消えたと同時に、左腰に差してあった電磁警棒（スタンスティック）を引き抜くと、半分だけ開いた貨物ハッチから飛び出した。

同時に、現場にいる相手の数を確認した。

そして、一番近くにいた奴を電磁警棒で気絶させ、こちらに銃を向けようとした、一番遠方にいた奴の額に、短針銃を命中させた。

電磁警棒で気絶させた奴を、そいつの近くにいた奴に投げつけ、さらにその近くにいた奴の腕を取ってから足を払い、背中から思い切り床に叩き付けた。

その状態に驚いていた奴に、短針銃を撃って気絶させる。

そして間髪を容れずに投げ飛ばした奴の頭に短針銃を一発叩きこむ。

立っている連中がいなくなったところで、人間を投げつけて倒れた奴に銃をつきつけ、頭を撃つ。

「ふう……油断してくれていて助かったな」

短針銃をホルスターに、電磁警棒はスイッチを切って腰に差す。

「十二時間はこのままだけど、とりあえず拘束するか」

こいつらは殺したわけではない。

短針銃の弾丸を殺傷力のない麻酔弾に変えておいたので、気絶しているだけだ。

とりあえず、こいつらの腕と足をロープで縛り付けておく。

そして全員を拘束したあと、いくつかある通路に向かってみる。

艦内の案内図を貼っているかなと思っていたが、艦内に攻めこまれたときのためなのか、ただ単に設置ミスなのか貼っていなかった。

「しまったなあ……一人道案内に残しておきゃよかった」

短針銃の麻酔弾はけっこう強力なので、起きるまでには時間がかかるし、起こすのも手間だ。

まあ、暫くしないうちに見回りくらいには出くわすだろう。

連中を拘束した後、奥への通路を警戒しながら進んでいく。

それにしても、この船は人気(ひとけ)がない。

このサイズの船なら、三百人近くはいていいはずだ。

よく考えれば、さっきの銃撃のときに、警報が鳴ってもいいのに、うんともすんとも言わない。

モニター越しに垣間見えたブリッジのメンバーは、自信過剰な感じだったので監視(モニター)すらしてないというのは理解できるが、タンカーじゃあるまいし、これだけの船でこれだけ人がいないのは不気味だ。

もしかすると、連中は本当に海賊で、生徒は全員殺された。何てことにはなってないよな？

そんなことを考えながらも、生徒がいつ襲って来るかと警戒していたのだが、一向に現れる気配がない。

「もしかして罠か？」

そんなことを呟きつつ進んでいくと、不意に声が聞こえた。

「よ……、も……こし……」

聞こえてくるのはドアの向こうかららしく、正確には聞き取れない。

が、声のする部屋はわかった。

すぐにドアの死角に向かうと、短針銃を構えた。

「よし！　開いた！」

嬉しそうな顔をして飛び出てきたのは、長い髪の女子生徒だった。

すぐさまその頭に短針銃を突き付け、

「動くな」

定番の台詞(せりふ)を突き付けた。

「だ……誰？」

俺と女子生徒の台詞に、部屋の中の連中は動きを止めたらしく、出てくる気配はない。

女子生徒も、両手を上げて抵抗しない意思を示した。

「お前らの偉大な艦長（キャプテン）閣下に拿捕されたしがない貨物輸送業者（運び屋）だよ」

「違う！」

女子生徒は両手を上げたまま声をあげる。

「あいつは艦長じゃない！」

「じゃあ海賊か？」

「養成学校の生徒に間違いはない。でもあいつらは正規の艦長やブリッジクルーじゃないんだ！」

部屋の中にいた奴が声をあげた。

どうやら男のようだ。

「どういうことだ？」

「話すと、長くなるわ」

とりあえず女子生徒の頭から短針銃を離し、ホルスターに収める。

「見たところ監禁されていたみたいだし、こっちも事情が知りたいし、道案内も頼みたいからな」

俺の言葉に女子生徒がほっとした表情になった。


ブリッジに向かいながら聞いた話によると、

元々はここにいる六人がブリッジクルーで、最初に出てきた女子生徒が艦長なのだそうだ。

ではあの連中はというと、偉いさんや金持ちの子供である自分たちが、船のトップになれなかったことに我慢できず、三十人程でクーデターを起こしたという。

監視役の女性教師と、夜中に襲撃されたときドアのロックを開けた男子生徒を人質に取られ、従わざるを得なかったらしい。

そのうえ、連中が女子生徒を暴行しようとしたのを、その監視役の女性教師が自分が身代わりになるからやめてほしいと訴えたのだそうだ。

もしかすると、あとの連中が出てこないのは、その女性教師をいたぶっているからなのかも知れない。

ちなみにクーデターが起こったのは一ヶ月前。

脱出が今までかかったのは、男子生徒が最大出力の気絶銃(スタナー)を食らい、意識が戻らなかったためらしい。

彼ら以外の乗組員は、全員が倉庫に閉じ込められ、彼らだけ隔離されたのは、煽動(せんどう)をさせないためだ。

学生だから、即座に閉じ込められた連中や、暴行を受けているであろう女性教師を助けにいくと言い出すかと思ったのだが、

「いま人数が増えると、相手に気づかれてしまいますから。先生も殺されたりはしていないでしょうし」

と、意外に冷静だった。
かなり我慢していたようではあったが。
ちなみにこの捕らえられていたメンバーは、
艦長：マリーダ・ウェスロック 女子生徒
副長：ヨハン・ローウィン　男子生徒
操舵士：ミュナン・スリップス　女子生徒
砲手：ヘレン・シーダー　女子生徒
機関長：ソーカ・フィオダ　女子生徒
通信士兼電子戦担当：マッコイ・ダルレガ　男子生徒
という構成だった。

それにしても残りの連中は本当に出てこない。

それを怪しみながら歩いていると、広い部屋に出た。

左側に船自体の出入り口があり、俺たちが入ってきた入り口以外にも扉がいくつかあった。

「ここはエントランス兼ブリーフィングルームです。ここを抜ければブリッジはもうすぐです」

艦長のマリーダがそう説明してくれる。

そのとき、向こう側の扉の一つが開いた。

扉の向こうから姿を現したのは四人。

背の高い筋肉質の男。

背の低い小男。

にやついた顔の太った男。

細身で、腰にでかいホルスターを下げた男。

四人ともが養成学校の制服を着ていた。


「おいおい。なんであいつら抜け出してるんだ？」

太った男が、俺の後ろにいる連中を見て、顔を歪ませる。

「ちっ！　マッコイの奴が起きてる。ロックをはずしたのか」

小男が、男子生徒の一人・マッコイを見て不愉快そうに舌打ちをする。

「で、あいつがさっきの運び屋だな」

「捕まえにいった連中はやられましたか」

背の高い筋肉質の男と、細身で腰にでかいホルスターを下げた男は、生徒たちには目もくれず、俺を見つめてきた。

「なに呑気にしているんだよ！　早く捕まえないと」

小男は慌てた様子で怒鳴る。

が、隣にいた太った男は、

「いいじゃないか。逆らわない限り手は出さない。逆に言えば、逆らったら手を出して良いってことだ」

と、後ろにいる女子生徒たちをにやついた顔で眺めていた。

「確かにそうだな」

その言葉に、小男もにやついた顔になる。


対して、監禁されていたほうの六人は、操舵士のミュナン以外は相手を睨み付けていた。

「あんたたち……一体どういうつもりなのよ⁉　聞いたわよ。貨物船を無差別に襲ったって」

艦長のマリーダが前に出て怒鳴り付ける。

が、彼らは彼女を無視し、

「おい運び屋。あの連中を倒してきたってことは、それなりの腕ってことだろう」

ガタイのでかい男が前に出てきた。

「ちょっと！　私の話を……」

「俺はダグ・ラムキンクス。勝負しな、運び屋」

ガタイのでかい男は、マリーダの存在を無視して、拳を構える。

俺はため息をつくと、マリーダを下がらせ、知りたかったことを訪ねてみる。

「一つ聞きたい。俺の船にこの船をぶつけてくれたのは誰だ？」

するとガタイのでかい男・ダグがニヤリと笑い、

「俺だ」

俺の船を破壊した張本人だと名乗った。

「いい腕だ。軍でも重宝されそうだな」

「当然だ！　だからこそこの俺があのチビの下にされたのが気に食わねえ！」

ダグは、俺の後ろにいるミュナンを睨み付ける。

ミュナンはそれに怯（おび）え、マリーダの後ろに隠れる。

正直、俺の船にこの船をぶつけられる腕を持つダグが選ばれなかったのは、不思議だとは思った。

「だがまあ、俺の船を破壊したのは間違いない」

俺は短針銃をホルスターにしまうと、軽く拳を構える。

「お前ら、邪魔はするな」

ダグは後ろの三人にそう言うと、一歩前へでると同時にダッシュで間合いを詰め、左フックを放ってきた。

幸い顔を狙ってきたので、ダッキングでかわしつつ、左脇腹を狙って右フックを放った。

が、ダグはそれを左腕と左脚でブロックし、脚を下ろす動作と共に踏み込み、右ストレートを放った。

距離も近かったために、両腕でクロスブロックをするしかなかった。

同時に間合いが空き、仕切り直しの空気になった。

相手もそれを理解し、首や肩を回し始めた。

「やるじゃねえか。運び屋やってんのが不思議だぜ」

「時々荒事があるからな」

俺もある程度身体をほぐすと、ゆっくりと拳を構える。

「そうか。だが残念だったな。この俺の白兵戦の成績は学年一だ！」

ダグは、さっき以上のスピードで間合いを詰めてきて、右ストレートを振りかぶってきた。

俺はそれを大袈裟にかわすと、ダグのこめかみに短針銃を一発放った。

やっぱり頭に麻酔針をぶちこむとよく効く。


「ひ……卑怯だぞ！」

「そうだ！　銃なんか持ち出しやがって！」

デブと小男が、俺に文句を言い始める。

多分、自分の仲間が負けるとは思っていなかったのだろう。

「実戦に卑怯もくそもあるわけないだろう。警戒しなかったこいつが悪い」

「くそっ！」

自分の不利を悟ったのか、デブと小男は逃げ出そうと踵を返す。

その後頭部に、綺麗に一発ずつ打ち込んでやった。

そして、ずっと動く様子のなかった、細身の男に顔を向けた。

「助けなくてよかったのか？」

「敵前逃亡する輩(やから)を、助ける趣味はないのでね」

細身の男はゆっくりと前に出てきながら、ホルスターに収まった銃を抜き、くるくると回し始める。

「それより、見ていてわかったよ。あんたは俺と同じ。ガンファイターだってな」

男は銃を回すのをやめ、ピタリと銃口を向ける。

「『ドラクーンバイト』とはな。趣味はいいが、学生がチョイスする銃じゃねえな」

俺の言葉に、男は嬉しそうに笑い、

「コルテス社製リボルバー型カートリッジ式ブラスター。別名『ドラクーンバイト』これの良さがわかるとは、やはりあんたは俺と同類だな」

自分の銃をうっとりと眺めると、また銃をくるくると回し始める。

「俺はレグスカ・ナルンガン。ガンファイター同士、早撃ちの決闘といこうじゃないか」

レグスカは俺の正面に立つと、銃をホルスターにしまった。

「わかった」

俺はそう答えた瞬間に、レグスカの眉間に一発叩き込んでやった。

そして奴はそのままの体勢で後ろに倒れた。

「ちょっ……ちょっと！　早撃ち対決をするんじゃないの？」

「だから早打ちをしたじゃないか」

マリーダは、倒れた四人を拘束し始めた俺に、驚きながら声をかけてくる。

ほかの五人も、何やらぶつぶつ言っているが、気にしないことにする。

それにしても、どうして『ドラクーンバイト』を持っている奴は、いちいちガンアクションをしないと気がすまないのだろう。

同業者に何人かいて、全員がアレをやるんだが、うざくてしょうがない。


四人を縛り上げると、残ったのはブリッジにいる二人と、いまだに出てこない残りの生徒だ。

案外全員でブリッジにいたりするかもしれないし、出てこないならそれでいい。

ようやくブリッジの入り口にたどり着くと、銃の残弾を確認する。

学生たちも、いつの間にか手には武器を握っていた。

「いくぞ」

俺は扉に近づく。

扉が開くと同時に、

「遅かったな。積み荷は確保したのか？」

「私の宝石なんだから盗むんじゃないわよ」

ガキ大将のデルノフ・ムスタグの声がした。

こちらに背を向けた状態で艦長席に座り、女といちゃついているらしい。

「悪いが、そんなものは積み込んだ覚えがないね」

そう答えると同時に、艦長席を蹴りつけてこちらを向かせ、銃を突きつける。

向こうも銃くらい持っているかと警戒していたのだが、そんなこともなく、

「なっなんでお前がここにいるんだっ！」

「なによあんた！」

二人揃って無防備な姿をさらしてくれた。

「お前のお友達は全員捕縛した。観念したほうがいいぞ」

俺は冷静にそう勧告するが、後ろのほうはそうではなかった。

「ムスタグーっ！」

マリーダが、チタンパイプを振りかざしてデルノフと女に対して思い切り振り下ろした。

「「うわーっ！」」

デルノフと女は慌てて逃げる。

同時に、ガキン！　という音とともに、艦長席の金属部分がへこむ。

「逃げるなこのクズ野郎！」

「ひいっ！」

マリーダは鬼の形相でデルノフに襲いかかる。

「たったすけてくれっ！　この女に殺されるっ！」

マリーダのチタンパイプを必死でかわしながら、俺に助けを求めてくる。

「なんで船を乗っ取り、海賊行為をやったんだ？　理由を話せば彼女を止めてやる」

「船を乗っ取ったのはひぃっ！　司令官の息子である俺が艦長になれないのはおかしいからだ！

船を襲ったのは、小遣い稼ぎのためと、積み荷をパメラが欲しがったからだ！　喋ったぞ！　早く
この女を止めろ！」

デルノフは必死に逃げながら懇願する。

「マリーダ嬢。殺したら意味がないぞ」

このままだとデルノフを殺しかねないので注意すると、

「そ……そうね……」

マリーダは荒い呼吸をしながら、攻撃を中止した。

同時に俺は、もうひとつの入り口に向けて引き金を引く。

針の弾丸が壁に当たり、金属音を響かせる。

「ひぃっ！」

「どこに行くのかなお嬢さんは」

それに反応して、砲手のヘレンが、パメラを捕まえる。

「私は共和国評議員リッチェルド・ディエゴの娘なのよ！　こんなことしてただですむと思ってい
るの？」

パメラは拘束されているにも拘わらず、傲慢な態度と口調をやめない。

その理由は、親が評議員だからという理由らしいが、一応質疑応答をしてみることにした。

「じゃあどうなるんだ？」

「決まってるでしょ？　お父様に頼んであなたたちは即刻死刑よ！」

「船を襲ったり、その乗員を殺したのはどうするんだ？」

「お父様が揉み消してくれるわ。今まで何回もやってくれたんだもの。ああ、貴女たちがやったことにしてもいいわよね」

にやにやしながらマリーダたちを見つめる。

その言葉に、マリーダたちから殺気がにじみ出た。

「それは本気で言ってるのか？」

「当たり前でしょ？　わかったらさっさと私を解放しなさい」

その殺気に気づかず、パメラは俺に解放するように命令する。

すると、パメラの話を聞いていたデルノフが、

「そうだ！　お前にも今まで手に入れた積み荷の分け前をやる！　だからこいつらを始末しろ！」

パメラの案に乗っかる形の提案を、俺に持ちかけてきた。

さらに、俺の短針銃を殺傷用と判断しているらしい。

「それは殺せと言うことか？」

「女は楽しんでからでもいいぞ？」

「なるほど」

俺が銃を持ち上げたのを見て、デルノフは嬉しそうな表情を浮かべた。

だがもちろん。

照準はやつの額に決まっている。

「おい……よせ……俺は銀河共和国防衛軍東部方面司令官アルバンセ・ムスタグの息子だぞ？　俺の命令を聞いたほうが確実に美味しい思いができるんだぞ⁉」

デルノフは必死に俺を説得しようとする。

「俺は軍隊に入る気はないんでな」

そういって引き金を引く。

弾丸はデルノフの頭の真横の壁に当てたのだが、気絶して失禁してしまった。


その光景を見て、俺が話に乗らないと判断したパメラは、急に俺に話しかけてきた。

「ねえあなた、私を助けなさい。私を助けてくれたら、この私がデートをしてあげてもいいわよ。どうせあなたみたいな配達業者は、女性そのものに縁なんかないでしょうからね」

どうやら交渉をしているつもりらしいが、頭が悪すぎる。

俺はパメラに歩み寄る。

彼女はそれを、俺が助けてくれるものと思ったのか、

「ほら、さっさと私を解放しなさい！」

ヘレンに苛立ち（いらだ）ながら命令する。

俺はパメラの額に銃を突きつけ、

「悪いが女には不自由してない」

女に変身した。

「シュメール人……」

もう一人の男子生徒のヨハンが、ポツリと呟いた。

自分が取引材料にならないと理解し、突きつけた銃の恐怖に震え始めた。

「わっ……私は銀河共和国評議員の……」

「知ってる」

さらに取り引きだか命令だかをしようとしたが、聞きあきたので銃の引き金を引いた。

額に麻酔針を受けて、パメラは意識を失った。

「とりあえず一段落だな」

「ショウンさん……シュメール人だったんですね」

短針銃をホルスターにしまうと、マリーダが声をかけてきた。

「気に入らないか？」

「いえ、ちょっとびっくりして……」

そうは言うが、顔を見る限り、不機嫌な様子が見えかくれしている。

まあ中学までの学生時代にも、嫌悪を示す輩がいたからいまさらだ。

「監禁されている人たちを助けてきますっ！」

マリーダは、それを隠すように二人だけ残してブリッジをでていった。

「それにしてもＧＣＰＯは遅いな……」

俺はため息をつきながら、通信士席(オペレーターシート)に座った。

◇マリーダ・ウェスロック◇

貨物輸送業者のショウンさんのおかげで、船の支配権は取りもどせました。

首謀者の二人を拘束したあと、機関長のソーカと操舵士のミュナンを残して、監禁されているみんなを助けに向かうことにします。

それにしても、ショウンさんがシュメール人だとは思いませんでした。

しかも女性になったときの見た目がすごい美人！

スタイルも羨ましすぎるものでした。

あれはシュメール人の種族的な特徴なのか、それとも食事なのか、生活のリズムなのかはわかりません……。

でもとにかく、羨ましい……。

思わずガン見してしまったけれど、不機嫌そうな顔になってたらどうしよう⁉

◇ショウン・ライアット◇

マリーダたちが出ていってから五分も立たずにＧＣＰＯから通信があった。

『こちらＧＣＰＯ。航海練習艦スターメイス号に告ぐ。ただちに停船せよ。繰り返す。ただちに停船せよ』

「こちら航海練習艦スターメイス。ただちに停船する」

操舵士のミュナンに、停船するように合図を送る。

『通報者はいるのか？』

モニターに映ったのは無精髭を生やした中年男で、

「お久しぶりですね。警部殿」

『お前は……ショウン・ライアットか！』

知り合いのレストレイド・リュオウ警部だった。

ちなみに、レストレイドと呼ばれると渋い顔をする。

なんでも、古典文学に出てくる有名な警官の名前なので、はずかしいのだそうだ。

「通報者は俺です。まあ、船内はほぼ制圧しましたけど」

『流石だな。ところで船の乗組員はどうしたんだ？』

「クーデターを起こした連中はほぼ拘束。正規の艦長と他三名は、監禁されている乗組員の救出に向かっています」

『わかった。ところでほぼってのはどういうことだ？』

「クーデターメンバーの一部がでてきません。まあ、人身御供（ひとみごくう）になったっていう女性教師に乱暴しているのかもしれませんが……」

『では急いでもらいたい！』

「だ……誰だ？」

俺と警部殿の会話に、軍服を着たイケメンが割り込んできた。

『失礼。自分は銀河共和国防衛軍主力艦隊司令官兼旗艦カシナート艦長、ラインハルト・シュタインベルガー准将です』

見た感じ、二十代後半か三十代前半。

それで准将とは、ウルトラがつくエリート中のエリートだ。

「なんで軍が？」

だが、ＧＣＰＯにくっついてくるのも謎だし、こんなエリート准将閣下が出ばってくるのも謎だ。

それを察したのか准将閣下は、

『偶然ＧＣＰＯの出動に立ち会うことができたのと、その船にまつわるもろもろがありまして』

ざっくりと説明してくれた。

「なるほど。もろもろですか」

多分、軍でもこの船が怪しいと考えて調べていたんだろう。

しかし、デルノフの父親が圧力をかけてきたため、手が出せなかったってとこか。

もちろんその逆もあるかもしれないが、ＧＣＰＯが一緒なら大丈夫だろう。

「せ……船体停止完了……連結可能……です」

そのうちに、船が停止したのを、ミュナンが報告した。

「了解した。聞いた通りわかると思うが、連結通路は二本頼む」

「り……了解。連結通路を……二つ……展開します」

「じゃあエントランスに、こいつらを連れていくか」

　通路が展開されたのを確認すると、二人を引きずってエントランスに向かった。

　連結通路がつながると、ＧＣＰＯの警官と軍の制圧部隊が乗り込んできた。

　そのなかに、警部殿と准将閣下の姿もあった。

「大変だったな」

「大変なのは監禁されていた連中と、いまだ見つかっていない女性教師だと思いますよ」

「一歩まちがえれば貴女も危なかったんですよ」

「こいつはそうそうやられるタマじゃない」

　警部殿とは、祖父が存命だった頃からの知り合いで、俺がティナ姉ちゃんの訓練を受けていることを知っている人だ。

　ちなみに俺が警部殿と呼ぶのは、まだ平巡査だったころにじいちゃんにからかわれていたのを俺が聞き、定着してしまったからだ。

　今は本当に警部なので問題はないはずだ。

「しかし、貴女のような民間の方が、学生とはいえ、軍の訓練を受けた人間を制圧するとは、信じられません」

「荒事が多いんですよ」

「しかし……」

俺が警部殿と話していると、准将閣下がちょくちょく口をはさんでくる。

なんだってこの准将閣下はこうもからんでくるんだ？

俺が不思議そうな顔をしていると、警部殿がため息をつきながら指摘してきた。

そして気がついた。

「ショウン。お前今『月のもの』なのか？」

「あ」

さっき女に変わったままだったのを。

だからこの准将閣下はやたらに絡んできたわけか。

「俺はシュメール人です。制圧したときは男ですから」

「そうなんですか……」

それを聞くと、准将閣下のテンションが下がった。

納得して黙ったならいいが、シュメール人差別主義者だからというなら、これ以上話しかけないほうがいいだろう。

そのとき、警部殿に通信が入った。

「ちょっとすまん。どうした？　……」

「ともかく、医師の診察は受けてくださるように」

警部殿は通信に答え、准将閣下は一応心配はしてくれているらしい。

「ええ、わかっ」

わかっていますよ。と、答えようとした瞬間。

俺は意識を失った。

◇レストレイド・リュオウ◇

部下から、監禁されていた生徒たちを発見したという報告を受けていたときに、事態は起きた。

ショウン・ライアットが銃撃されたのだ。

襲撃者は、軍服を着た女だった。

近くにいた俺の部下と軍人が、すぐさま女を取り押さえた。

「ドクターをエントランスに！　早く！」

准将殿は、監禁されている生徒たちの捜索班にいる軍医を呼び出し、俺は女が持っていた銃を取り上げる。

俺の部下が、手錠で女を拘束していると、生徒の二人が声を上げた。

「「ローア先生⁉」」

『なに⁉』

そこにいた、生徒とその女以外の全員が驚いた。

監禁されていた生徒たちと一緒に戻ってきた軍医の話では、生徒たちのほうは精神的にはともかく、肉体的には問題はなかった。

ショウンのほうは、外傷はないが意識がない。

おそらくスタナーで撃たれたのだろう。

場合によっては死亡することもあるので心配だ。

首謀者は全員拘束してＧＣＰＯ（うち）の船に収容。

ショウンを撃った女性教師も収容しないといけないのだが、生徒たちがどうしても女性教師に聞きたいことがあるというので、拘束したまま会話を許可した。

そして、艦長だという女子生徒が、女性教師を問い詰め始めた。

「ローア先生。どういうことなのか説明してください。どうしてショウンさんを撃ったんですか？」

「あの女が私のシュ・タ・イ・ン・ベ・ル・ガ・ー様に色目を使ったからよ！」

生徒たちの追及への逆ギレを皮切りに、女性教師は堰（せき）を切ったようにわめき散らし始めた。

「私があの色ガキを焚き付けて、私が全部指示したからよ！」

「私はいずれワリシーナ・ローアからワリシーナ・シュタインベルガーになるのよ？　その私があんなガキどもに身体を許すわけないじゃない！」

「獲物を選ぶのは私が買って出たわ。現金輸送の船がいなかったのは残念だった。でも『銀河大宝石展』に展示される宝石なら、シュタインベルガー様と結ばれる私には相応しいでしょう？」

「こっそり用意させておいた部屋にいって乱暴されたように見せかけて、シュタインベルガー様に助けてもらうはずだったのに、あの女がっ！　あの女がっ！」


女性教師が口を開く度に、生徒たちの顔に影が差していくのがわかった。

特に女子生徒は、女性教師が身を挺して自分たちを守ってくれていたと思っていただけに、ショックが大きいようだ。

「連れていけ」

まだわめき散らす女性教師を、部下に指示してうちの船に押し込む。

これ以上この女性教師を、生徒の前に置いておくのはよくないだろう。


残りの反乱生徒の捜索はまだ続いている。

監禁されていた生徒たちは、死者や重傷者がいないだけよかった。

あとは、ショウンの奴が無事なら、まあよしとできるのだが。

◇ショウン・ライアット◇
目を開けると、視界に入ってきたのは病院の天井だった。

検査や怪我で何度か入院したことがあるから間違いない。

身体を確認すると、どうやら五体満足ではあるようだ。


ゆっくりと身体を起こし、周りを確認する。

部屋は個室で、花瓶に花が活けられている以外はなにもない。

窓の外は綺麗な青空が広がっている。

あと、女のままだった。


俺は、自分の身に起きたことをひとつひとつ思い出してみた。

軍の養成学校のガキに船を破壊されて拿捕され、
首謀者のガキ共を全員無力化し、
ＧＣＰＯと軍の船が来てガキ共を逮捕、
その次の瞬間から記憶がない。

俺が頭を悩ませていると、病室の外から声がかけられた。

「失礼します。あら、ライアットさん。目が覚めたんですね」

入ってきたのは、女性型の看護アンドロイドだった。

「俺はどのくらい寝てたんだ？」

「三十一日と十三時間ほどです。最大出力のスタナーで射撃されたんですよ」

看護アンドロイドは、俺の脈を取りながら答える。

場合によってはそのまま死亡する場合だってあるわけだが、どうやら助かったらしい。

「ともかく先生を呼んできますね」

看護アンドロイドはにこやかに笑って、病室を出ていった。

翌日は検査の連続で、その次の日には結果がわかり、問題がなければそれから二、三日後には退院できるらしい。


そしてその検査の翌日、警部殿がやってきた。

「今回は災難だったな」

「二度とごめんですね。思い出したくない」

相変わらず無精髭を生やしたままで、ずいぶん疲れた顔をしていた。

「だが思い出してもらわないといかん……」

椅子に座ると、俺が撃たれたあとの出来事を話し始めた。

警部殿の話によると、首謀者のガキ共のうち五人は、全員に死刑が求刑されたそうだ。

船を襲って積み荷を奪ったあと、射的の的にした船が二十隻以上確認された。

さらに、クーデターに参加した三十人の内の十二人は、クーデターのあとには普通に航海訓練をするものと思っていたらしく、反発したところ全員殺されたそうだ。

どうりで出て来なかったわけだ。

拿捕した船の女性に、助けてやる代わりに性行為を強要したのは間違いないが、実際に実行したのは首謀者の男子学生五人だけだったそうだ。

あの偉いさんのガキ、デルノフは、初めは無実の主張と、親の名前で威嚇していたが、父親が見限ったぞと知らせてやったところ、父親の悪事をべらべらと話し始め、司法取引だなんだとわめきだしたそうだ。


俺に眠らされた連中は、クーデターに参加したとはいえ、船内の見張りくらいしかしていなかったため、全員が懲役二十年の求刑だそうだ。

そして首謀者唯一の女パメラは、自分も被害者だ、脅されただけだと主張していたが、俺とのやり取りが記録された映像と、デルノフら首謀者たちの発言が決め手となり、終身刑に落ちついた。

ちなみに俺を撃った犯人は、なんと犠牲になったはずの女性教師だった。

グルどころか犯行を唆（そそのか）した主犯格だったらしく、貨物配達受付で獲物を物色して、連絡していたそうだ。

なんでも、玉の輿（こし）に乗るための計画だったそうだ。

おそらく、あのイケメン若手准将殿でも狙っていたのだろう。

彼女は、軍人としても教育者としても人間としても問題ありと判断され、あまりにも身勝手な主張を繰り返したこともあってか、死刑が求刑されたとのことだ。

しかしまだ完全に刑が確定したわけではないらしい。

理由としては、

「お前が最後の証言者なんだ。病院周りに警備もつけてある。全員の罪の確定は、お前の証言にかかっている」

普通は重体で意識不明の人間に証言をさせようとは思わないものだが、スタナーでの意識不明であり、回復することがわかっていたので、意識が戻るまで判決を保留にしていたそうだ。

「そうしたのは、軍指令部と評議員が、俺を殺して事件を有耶無耶にするためですかね？」

そんなのは、明らかに俺を殺して罪を有耶無耶にしようとしているのは明らかだ。

「いや、軍指令部はムスタグ親子を排除したがっているらしい。その条件を捩じ込んだのはアルバンセ・ムスタグ本人だ。評議員のほうは、自分の保身で手一杯で、娘を助ける気はないらしい。むしろ、娘に罪を認めさせ、娘が勝手に自分の名前を使っただけで、自分は無関係だと主張している」

「アホくさいというかなんというか……」

偉いさんというのは、本当によくわからない。

「ともかく、医者からＯＫが出たら連絡をくれ。法廷に出てもらわんとな。それからお前の船だが、竜骨が曲がってしまって修理は不可能らしい。船内にあった私物は宇宙港が預かってくれている。まあ、食品類は消費されたらしいがな。その分の代金は請求できるだろう。ああ、積み荷のほうはきちんと届けておいたからな」

「食品はべつにいいけど、船は仕方ないか……」

ローンがもう少しだったのに、実に残念だ。

「うちからは金一封。軍からは慰謝料が払われるらしいぞ」

「船のローンにあてるよ」

恐らくたいした額ではないだろうから、船のローンの残りと、ここの入院費用に回すくらいだ。

「仕事はどうするんだ？」

「そうだなあ……」

貯めている金はそれなりにあるので、頭金は何とかなるが、ローンの残りを払うとなると、それもできなくなる。

「だったら俺の船のクルーになるのはどうだ⁉」

「ショウンさんがいれば美味しいごはんと眼の保養ができるっすからね！」

ノックもなく部屋に入ってきて、馬鹿な発言をしたのは、トニーとサムの二人だった。

「断る」

「船もないのにどうするつもりなんだよ？」

「ローンを払い終えたらまたローン組んで買うよ」

思い切り蔑んだ視線を向けてやったが、効果はないようだった。

トニーはキメ顔でポーズを決め、サムの奴はニヤニヤしながら俺の胸元をガン見していた。

男に戻ればいいのだろうが、検査の結果で異状なしと判断されない限り、変身はしないようにと言われているため、したくてもできない。

「じゃあローンを払い終えるまで俺の船で監禁して強制ろうど……」

「なに抜かしてんだテメエ！」

「ごあっ！」

ニヤニヤしながら俺の退院後の進路を勝手に決めようとしたトニーの背中に、前蹴り（ヤクザキック）をくらわせたのは、ティナ姉ちゃんだった。

「私たちの可愛いショウンちゃんを監禁だなんて……悪い子ねえ」

「ひいっ！」

サラ姉ちゃんはサムの肩に手を置き、にっこりと微笑（ほほえ）む。

あの笑顔は、サラ姉ちゃんが他人を追い込もうとするときに見せる笑顔だ。

「ティナ。病院で暴れちゃだめよ。姉さんも子供を虐めないの」

マヤ姉ちゃんだけは、花束とお見舞いを手に、穏やかに対応していた。

「ショウン。回復おめでとう。大変だったわね」

「本当にひどい目にあったよ」

マヤ姉ちゃんは、花束を花瓶に活けはじめる。

「でもまあ、積み荷が無事で、届けてもらったのは感謝しないとね」

何より一番の懸念が解決されていたのがありがたい。

しかも絵画の応募作。

弁償金云々より、コンクールに出品できなかったほうが問題になる。

俺は、警部殿に改めて頭を下げる。

「じゃあ、俺はそろそろ仕事にもどる。もう一度言っておくが、医者からＯＫがでたら連絡を頼むぞ」

警部殿はそう言うと、姉ちゃんたちの様子をみながら、呆れたような顔で病室を出ていった。

「ところでショウン。船が廃船になったみたいだけど、これからどうするの？」

「とりあえず手持ちの金と、ＧＣＰＯと軍から出る金で、ローンを払って、残りを頭金にしてまた船を買うかな。まあ、ローンが払いきれなかったり頭金が足りないならなんかのバイトを……」

バイトをしようと思っている。

と、答えようとしたとき、全員が俺に詰めよってきた。

「だったら！　俺の船が一番だろ！　同じ貨物輸送業者だからな！」

「そうっす！　おっぱいを毎日！　じゃないご飯を毎回！」

「ショウンのメシと身柄は俺たちが先約だ！　すっこんでろ！」

「ショウンちゃん！　お姉ちゃんたちのところにくるわよね？　ね？」

「船に乗るなら私の船が一番よ！」

全員が好き放題いっているが、俺のことを心配してくれているのは間違いない。

しばらくはこの喧騒を聞きながらのんびりするのも悪くはない。

船がない船乗りは、それぐらいしかすることがない。
しばらくは、仕事のことは考えないようにしよう。

作者による業務日誌解読のための用語解説

【ビステルト人】
ヒューマンの外見に動物の特徴がくっついた感じの種族で、分かりやすくいうと獣人。
キーゼル種とは猫の獣人の総称である。

【船体登録証明(レジストレーション)】
この船を所有し、公宙域を航行しますという登録をしました。という証明書。
わかりやすく言うと、車のナンバープレート。

【登録ナンバー】
私及び所有する宇宙船は、これこれの組織に所属しています。という照合番号のこと。
わかりやすく言うと、社員証や学生証。

ショウンの登録ナンバーは、正しくは
銀河貨物輸送業者組合・組合員登録番号という。

例
船体登録証明書　登録者　：ショウン・ライアット
　　　　　　　　登録船体：貨客船ホワイトカーゴ
　　　　　　　　登録番号：D-47-37

登録ナンバー
銀河貨物輸送業者組合・組合員登録番号SEC201103
登録者　ショウン・ライアット
登録船体　貨客船ホワイトカーゴ
　船体登録証明　D-47-37

【光線銃（レイガン）&熱線銃（ブラスター）】

一般的なレーザーガンのイメージがあるのがこの二つです。

じつは、光線銃と熱線銃との境界は曖昧で、海外作品だと、同じ作品でも翻訳家によって代わることがあるらしいです。

ですので、一般的なイメージで考えると

光線銃：発射音が静かで貫通力が高い。
熱線銃：発射音が大きく、貫通力は低いが、破壊力が高い。

という感じでしょうか。


【短針銃（ニードルガン）】

通常の弾丸の代わりに、針をガスで打ち出すのがこのニードルガンです。

対生物用に特化されていて、暗殺なんかに用いられます。

針そのものの威力はあまりなく、車のドアでも防御できるくらいです。

作品によっては酸の針で鉄も溶かすなどと言うものもあるらしいです。


【麻酔銃】

トランキライジングガンとかスリープガンと呼ばれる麻酔銃は、弾丸や光線が命中すると、対象が寝てしまうものを差します。

動物を捕獲するときによく使われます。

某ゲームシリーズをご存じなら馴染み深いはずです。

【麻痺銃】

パラライザーと呼ばれる麻痺銃は、弾丸や光線が命中すると、対象の身体が麻痺し、身体が動かなくなると言うものもです。

このとき、意識があるのが通常ですが、強力な場合、心臓も麻痺させてしまう場合があるので、注意が必要です。

【気絶銃】

スタンガン・スタナー・ショックガンと呼ばれるこれらは、日本では相手に押し当てるものがすぐに思い浮かぶはずです。

基本として、電撃で相手を痺(しび)れさせ、身体の拘束と同時に意識を混濁させて気絶させます。

針がコードに繋がったテーザーガンを、テレビなどで見たことがあるのではないでしょうか。

ファイル03　お嬢様との遭遇

◇ショウン・ライアット◇

無事に退院し、防衛軍養成学校のガキ共の裁判が終了し、軍からの慰謝料と、ＧＣＰＯからの金一封で、廃船となった船のローンはなんとか払い終えた。

だが、船がないままでは貨物輸送業者の仕事ができるはずはない。

ならば新しい船を購入するしかないわけだが、俺が拠点としている惑星オルランゲアでは、扱っている船の数が少なく、俺の眼鏡に適う船がなかった。

何より価格の面で。


そんなとき、テレビで中古新古の宇宙船の販売会が、首都惑星ヴォルダルで開かれるＣＭを見た。

さらに銀河貨物輸送業者組合には、その催しの詳しいパンフレットが置かれていた。

なので俺は、首都に行くことに決めた。


首都惑星ヴォルダルまでは定期便を使う。

評判が悪く、ストばかり起こすスターフライト社のではなく、リキュキエル・エンタープライズ社の運営する定期便だ。

リキュキエル社の定期便は、『旅は優雅に』がコンセプトなため、船の全室が個室で、ラウンジやレストランなどいろいろと充実している。

そのため、寝室用カプセルと売店だけの船よりはお高めだが、スターフライト社がストを繰り返している今の状況だと、きちんと時刻表通りに動いてくれているだけでありがたい。


そのリキュキエル社の客船『リューブン』号の船内展望ラウンジで、俺は超空間移動中に映し出される、惑星上からの宇宙空間、いわゆる星空を眺めていた。

自分が運転に一切関わらないというのは実に楽でいいが、物足りないのも事実だ。

「我が社の定期便はいかがでございますか、お客様？」

そこに、若い女から声をかけられた。

正確に言えば、若いではなく幼いだ。

俺に声をかけてきたのは、金髪碧眼(へきがん)に白い肌。

シンプルだが上等な生地でできているシャツにスカート。

ロングヘアーを綺麗な一本三つ編みにした、美少女といっていい、十歳くらいの女の子だった。

「快適だよ。快適すぎるからすぐに降りないと船の操縦を忘れそうだ」

「そうなったら私が就職先をお世話いたしますわ。そうだ♪　リキュキエル・エンタープライズ社副社長の専属料理人というのはいかがでしょう？」

女の子は大輪の華のような笑顔を浮かべ、俺の顔を見つめてくる。

その手の趣味の連中なら、興奮して暴走しかねないくらいだ。

が、俺には通用しない。

「断る」

「むう……美少女の私の専属ともなれば誰もが羨ましがる地位なのに……」

「そういう台詞はあと十年経って、身長も体つきもそれなりになってからにしろ」

「五年で十分です！」

この女の子はレイアナ・リオアース。

この船を所有・運航するリキュキエル・エンタープライズ社CEO・ガリウス・リオアースの一人娘だ。

以前に俺の船に客として乗ってきたときに、俺の作った料理（ハンバーグ）にえらく感激し、それ以降、なにかと理由をつけては俺の船に客として乗ってきて、自分のところに引き抜こうとしてくる。

「何で私の専属料理人になってくれないんですか？」

「俺は貨物輸送業者だからな」

なので、どうしてもこういうやり取りが生まれてくる。

姉ちゃんたちといい、レディース集団のボス《ウィオラ・ザバル》といい、どうしてそう俺を料理人にしたがるんだ？

軽くため息をついていると、レイアナの後ろから、執事服を着こなした若い男が身を乗り出してきた。

「では！　今すぐに女性に変身していただいたあとに、この私めの愛人に……」

「あなたはすっこんでなさい！」

「ぐおぉぉぉっ！」

優雅な動作で、俺に一礼をしながらアホな要求をしてきた男の脛に、ガツン！　という音と共に、レイアナの靴の爪先がめり込んだ。

男は悶絶し、蹴られた脛を押さえながらその場に倒れこんだ。

「おっ……お嬢様っ……強化プラタイトの仕込まれた靴で脛を直撃はご勘弁を……」

「だまりなさい！　恥ずかしい真似をして！」

「と……ともかくお久しぶりでございますライアット様……」

蹴られた脛を押さえ、痛みに悶えながらあいさつしてきたこいつは、レイアナの専属執事兼護衛のトーマス・フェイフォス。

秘書としても護衛としても優秀だが、女好きでナンパばかりしている奴だ。

まあこの馬鹿はともかく、なんだってリキュキエルのお嬢様がここにいるのかが謎だ。

「それよりどうしてここに？　この船がそちらさんの所有なのは知っているが」

「取引の帰りなんです。それに、そろそろちゃんと学校にも行きたいですし、友人にも会いたいですし」

その理由を尋ねたら、あっさりと答えてくれた。

まあ、隠すような内容でもなかったからだろうが。

「お父様と取引先の方がいちいち私を指名するんです。まあ、取引先は私が子供だから自分達に有利な条件を押し付ける気が満々でしたけどね」

レイアナは、心底うんざりした表情を浮かべていた。

わずか十歳で父親の代理を務めあげるのだから、さぞかしご苦労なことだろう。

「大変だな。大企業の跡取りも……」

俺はしなくてもいいため息をついてしまった。

「そういえば、首都惑星(ヴォルダル)へは船の購入に？」

いつの間にか用意されていた紅茶を優雅に飲みながら、レイアナは俺の目的を当ててくる。

「なんでわかるんだ？　てのは愚問か」

例のガキ共の事件では、俺は協力はしたものの、あくまでもいち被害者で、解決したのは防衛軍養成学校の生徒たち、というのが全面的に報道されている。

その方が、軍の面子(メンツ)が保たれるかららしいし、俺も周りが騒がしくならないからありがたい。

なので、俺の被害までは詳細に報道されてはいない。

が、リキュキエル社の副社長にとって、その辺りの情報を手にいれるのは造作もないことだろう。

「我がリキュキエル・エンタープライズ社も、販売会に協賛しているんですよ」

「そりゃ流石だな」

「私の専属料理人になっていただけるなら、格安でご提供いたしますわよ？」

レイアナは、興奮した様子で俺に詰め寄ってくる。

そのレイアナに、

「お嬢様。宇宙を飛び回る貨物輸送業者をやりたいライアット様に対しての船を提供する条件として、お嬢様のそばに常にいなければならない専属料理人になれというのは、話が矛盾していませんか？」

トーマスがドヤ顔で矛盾を指摘すると、レイアナはそれを理解し、恥ずかしそうに黙ってしまった。

興奮すると話がちぐはぐになるのは、やはりまだ子供ということなのだろう。

◇ロナ・フラング◇

私はロナ・フラング。

銀河貨物輸送業者組合の惑星ソアクル支部で受付をしています。

そして今日は長めの休暇をとり、首都惑星ヴォルダルで行われる、ギャラクシーコミックフェスティバルに参加するために、同人仲間（腐女子）とこの船に乗っています。

オルランゲア発の便に乗っている理由は、〆切ギリギリまでやっていた同人原稿の制作の作業と打ち合わせのため、オルランゲア在住の友人宅に集まっていたからです。

そして今は、展望ラウンジの一角に陣取り、船内の乗客・乗員を腐観察しています。

「あの二人は絶対そうよね。距離感が怪しいもの」

「あのショタっ子たちは最高ね！　あんなにも無防備で……」

「あの人は受け。あのリーマンは攻め。あの船員さんも攻め。あの学生は受け……」

全員小声ですが、周りに聞こえたらドン引きもの間違いなしの会話を繰り広げています。

「ねえねえあの二人いい感じじゃない？」

「どれどれ？」

そのオルランゲアに住む友人・ティミーの指さした先を見つめると、そこにいたのは、よく知っている人でした。

「あの白い髪の方は受けね。茶髪の強引な誘いを、始めは嫌がるけど最後はって感じよね」

ティミーは興奮しながら妄想を爆発させていますが、私の場合は見つかってしまうといろいろあとでマズいことになりかねません。

船に乗っていることは問題ありませんが、目的を聞かれたときに、返答に困ります。

なので、ソファーに隠れることにしました。

「どうしたの？」

「あの白い髪の人、知り合いなのよ」

「どういう人なわけ？」

「貨物配達業者で……シュメール人なの」

シュメール人と聞いた瞬間、ティミーを含めた全員が、ライアットさんに視線を向けました。

その理由は、いま私たちのブームになっている作品の登場人物に、シュメール人がでてくるからなのです。

「マジでシュメール人？」

「『女の俺じゃなくて、男の俺を見てくれっ！』が、リアルであるわけだ！」

全員が興奮し、妄想を始めました。

ムリもありません。

腐女子(私たち)にとって、『萌え』の材料が目の前にあるのですから、興奮しないわけがありません。

「ねえ。立体映像ないの？　男女両方の」

そう尋ねられた私は、こっそり撮っておいたライアットさんの立体映像を仲間に見せます。

そしてそれを見た全員が驚愕の表情を見せました。

無理もありません。

なにしろライアットさんの女性の姿は、女の私から見ても見とれてしまうような美人。

そのうえスタイル抜群で、胸もスッゴイのですから。

「そりゃあ男は女バージョン見たら惚れるわ……」

「ぜひともこの巨乳を生(こっち)で揉んでみたい……」

「ねえロナ。他に情報はないの？」

友人たちは、鼻息を荒くしながら私に詰めよってきました。

「私も聞いただけの話ですけど、お料理上手で家事も上手らしいですよ」

「「御奉仕系キター！」」

全員が、小声で叫ぶという高度な技で驚きを表現しました。

「だったら絶対、知り合いとか友人が病気のときに看病に行ったりとか……」

「いやいや。宇宙船の中で長期滞在中に……」

こうして腐女子は目的地到着まで、妄想に胸膨らませるのでした。

◇ショウン・ライアット◇

銀河共和国首都・惑星ヴォルダル。

数千億の人口によって形成されている銀河共和国の中心であり、政府や軍、銀河帝国や星域連邦の大使館、様々な国際機関は勿論、大企業の支部や本部があり、ビジネス・娯楽などの発信元でもある。

その衛星軌道上にあるのが、今回の俺の目的、中古新古の宇宙船の販売会の会場である共和国国立多目的展示場コロニー。別名・六角形の庭（ヘキサグラムガーデン）だ。

直径三十キロメートル・全長百六十キロメートルの超巨大シリンダーコロニー六つを、巨大なリング状の歯車で連動させて重力を発生させている。

宇宙港からは直通のシャトルがあり、惑星上からは、専用の軌道エレベーターからのシャトルがある。そして、緊急時には避難所にも早変わりする巨大施設だ。

宇宙船の販売会というのもあり、その六つあるコロニーの三つを使用しているらしい。

そしてあとの三つは、ギャラクシーコミックフェスティバルという、同人誌即売会が行われているようだ。

宇宙船の販売会はわかるが、同人誌即売会で巨大コロニー三つが埋まるというのはにわかには信じられない。

だがまあ、実際に埋まっているのだから、大きな市場になっているのは間違いないのだろう。

俺は宇宙港からの直通シャトルで六角形の庭に向かった。

そのシャトル内は、俺のような宇宙船販売会に行く人間と、ギャラクシーコミックフェスティバルに向かう客との、服装や雰囲気のギャップが半端なかった。

シャトルを降りると、ご丁寧にも案内板（インフォメーションボード）があり、右がギャラクシーコミックフェスティバル。

左が宇宙船販売会と、表示してあった。

もちろん俺は左だ。

会場はコロニーごとに、
小型船・特殊作業船。

中型船・脱出ポッドを含む超小型挺。

大型船・超大型船及び船内設備のカタログデータ閲覧スペース・販売会本部。

と、三つのブースに分かれていて、休憩スペースは各ブースに設置されている。

もちろん俺は小型船・特殊作業船のブースだ。

コロニー内の移動は無料貸し出しの移動板（プラットフォーム）を使わないと、回りきれるものではない。

俺が探しているのは、下部貨物室型輸送貨客船というタイプで、後部貨物室型に比べて数が少ないうえ、居住スペースにもなる貨客船タイプはもっと少ない。

ここになければ、貨客船というのは変えず、後部貨物室型で妥協するしかない。

あとは値段と品質だ。

新古や中古とはいえ、宇宙船だから数百万するのは当たり前。

高すぎると手が出ないし、安すぎると品質や状態が不安だ。

だからその辺を見極めながら、購入する船を選ばないといけない。


会場を回り始めて数時間。

幸い、下部貨物室型輸送貨客船を売りに出しているところが何軒もあったのがありがたい。

俺は知らなかったのだが、何隻か新型も発売されていたらしい。

やっぱり首都は違うと感心してしまった。

その中で気に入ったのがあったので、さっそく契約し、払える分だけをその場で払い、残りはローンにしてもらった。

販売会は銀河標準時で六日間開催されるため、搬出しての商品受け渡し及び配達はその後になるらしい。

目的は達成したので、どうせならと、船内設備のデータ閲覧スペースに行ってみることにした。

前の船で使っていた家具や搭載品はそのまま使えるので、その辺は節約できるのだが、せっかくなので見ておいても損はない。

その閲覧ブースに向かう途中、なぜかレイアナ・リオアースの姿があった。

「やっぱりいましたね♪」

俺としては無視しておくつもりだったのだが、向こうから、しかも俺の腕を掴んできたからタチが悪い。

「学校に向かうんじゃなかったのか？」

「学校は来週からです」

目の前でドヤ顔をする少女にため息をついていると、不意に人影が近づいてきた。

「久しぶりだねショウン・ライアット君」

そう俺に声をかけてきたのは、レイアナの父親であり、リキュキエル・エンタープライズ社のCEO。

ガリウス・リオアースその人だった。

リオアース氏が俺に右手を差し出してきたので、俺も右手を出して握手に応じる。

「お久しぶりです」

「行きの船では娘とたまたま乗り合わせたそうだね」

「例の会社のはいろいろ怪しいので」

「あそこか……同業者にとっては迷惑ではあるがチャンスでもある。悩ましいところだ」

リオアース氏は難しそうな顔をしてため息を吐く。

年齢は四十を確実に越えているはずだが、随分と若く見える。

若い頃はモテまくっていたであろう整ったその顔立ちは、既婚者になった今でも、女性が放っておかないだろう。

娘は妻似だといっていたこともあって、レイアナとの共通点は見当たらない。

「君のほうは、目当ての船は見つかったのかね？」

「はい。いいのが見つかりました」

「うむ。巡り合わせがよかったようだな。妻にもその運気を分けてやりたいくらいだ」

「そうよねえ。お母様はいつになったら遺跡の調査から帰ってくるのやら……」

リオアース氏の妻、シェルナ・リオアースは、著名な考古学者であり歴史学者であり、国立ヴォルダル大学で教鞭（きょうべん）もとっている。

これまで様々な発見をしており、夫と娘を溺愛しながらも、発掘に情熱を傾けている。らしい。

「離婚したなんて噂（うわさ）が立ってしまって、女性からのアピールが増えてしまったよ……」

「明らかにお金目当てですわね。そういう女性を無闇に近づかせないようにしてくださいね、お父様」

「わかっているよ。私が心から愛している女性はママ（シェルナ）とレイアナだけだ」

現状だけで考えると、共働きの夫婦がお互いの仕事の都合でなかなか会えないというだけだが、共和国でも有数の大企業のトップにもなるといろいろ大変そうだ。

そして、父親が娘に敵わないのは、古今東西・貧富の差に関係はないらしい。

リオアース親子と別れたあとは、船内設備のカタログデータをあれこれと眺めていた。

新しい船は前の船より大きく、船室が広いので、いろいろと設備が追加できそうだった。

そうしてたっぷりとカタログを眺め、気に入った品物が掲載されたカタログを持ち帰り、ホテルでゆっくりと検討するため会場を出ようとしたとき、不意に誰かにズボンの太もも部分を掴まれた。

「パパ！」

それは、レイアナより年下の女の子で、キラキラした笑顔を俺に向けていた。

まず頭に浮かんだのは人違いだ。

何より俺は独身だし、子供を産ませた覚えも産んだ覚えもない。

「悪いけど、俺は君のパパじゃないよ」

そう女の子を諭しながら、その子の手を引き剥がす。

しかし、

「パパだもん！　間違いないもん！　帰って来てくれたんだね♪」

女の子はなかなかに頑固だった。

だがそこに救世主が現れる。

「ユカ！」

「ママ！　パパだよ！　パパいたよ！」

「違うのよユカ。その人はパパじゃないの……えっ⁉」

その救世主である母親も、なぜか俺の顔を見るなり固まってしまった。

だがすぐに表情を改めると、丁寧にお詫びをしてきた。

「申し訳ありません。この子の父親、私の夫は船乗りで、昨年事故で亡くなったのですが、その亡くなった夫が貴方にそっくりなもので……」

そこに、子供・ユカちゃんが、俺のズボンを引っぱった。

「ねえ？　本当にパパじゃないの？」

「ごめんね。俺は君のお父さんじゃないんだ」

「そうなんだ……」

下手な希望を持たせるほうがより残酷になると思い、俺はきっぱりと違うと言いきった。

ユカちゃんは寂しそうにうなだれてしまったが、いつかは理解できるときが来るだろう。

そこに、母親が声をかけてきた。

「あのう……もしお許しいただけるなら、少しの間一緒にいてもらえませんか？」

「……いいですよ」

俺も両親が早いうちに亡くなっているから、その寂しさはわかるので、母親の懇願を受け入れることにした。

「ありがとうございます！」

「やったあ！」

それから、ユカちゃんは船を見たいと言い出した。

見るのが豪華な船ばかりなのは、高価なものに目がないというやつなのだろうか？

俺には理解しがたいことだ。


少しの間といった割には、結局残りの時間ギリギリまでたっぷりと引き回されてしまった。

我ながら人が良すぎると呆れてしまった。

さらには、

「ねえ。明日も一緒に見てまわろうよ？」

と、お願いしてきた。

「ダメよユカ。我が儘を言ったら」

「ヤダ！　もっと一緒にいたい！」

「まったくこの子は……。すみません。駄目って言っているでしょう！」

が、さすがに母親が窘めた。

まあ、今日あったばかりの人間に、そこまで要求するのは駄目だろう。

「では、私たちはこれで失礼します。そういえば、今日はどちらにお泊まりなんですか？」

「惑星上のヴァルス・ヴェーランですが」

「まあ！　ヴァルス・ヴェーランですか⁉」

「そこしか取れなかったもので……」

ちなみにヴァルス・ヴェーランとはそれなりに高いホテルだ。

本当は宇宙港のカプセルホテルに泊まるつもりで、船に乗ってから予約をしようとしたのだが、宇宙港のホテルは全て満室。

どうしようかと思っていたときに、たまたまレイアナに出くわしたというわけだ。

そしてそのときにホテルの話をしたところ、

「それなら都合がつけられるかも」

と、勧めてきたのがリキュキエル・エンタープライズ社傘下のホテル、ヴァルス・ヴェーランだったわけだ。

娘の手を引いて帰ろうとしていた母親は、俺の宿を聞いた途端に表情が変わり、

「あの！　よろしければ明日も御一緒していただけませんか？　ホテルの方にこちらから参りますので！」

鼻息を荒くしながら俺の手を掴み、バッチリと眼を見開いてグイグイと迫ってきた。

「ママ……」

その変貌ぶりに娘のユカちゃんは呆然とし、俺もドン引きしながらお断りをした。

そうしてなんとかその親子と別れた後、軌道エレベーター行きのシャトルに乗り込み、惑星ヴォルダルの大地に向かった。

リキュキエル・エンタープライズ社傘下のホテル、ヴァルス・ヴェーラン。

共和国内でも上位に位置付けされる有名な格式ある一流ホテルだ。

一流ホテルにしては宿泊費は安いほうではあるが、格式の高いホテルであることにはかわりはな

く、俺のような風体の輩は拒絶されてもおかしくはない。

が、

「ご予約のショウン・ライアット様でございますね。お待ちしておりました。私、当ホテルの支配人（マネージャー）のトルダネス・ストライプスと申します」

美少女御嬢様（あのがきんちょ）がどう説明したのかは知らないが、ホテルの連中がいやに丁寧だ。

なんで支配人がいちいち出てくるんだ。

どうして、従業員（スタッフ）が整列してるんだよ。

「あの……ちょっとお聞きしたいんですが、上からなんと説明されたんですか？」

「はい。リキュキエル・エンタープライズ社副社長、レイアナ・リオアースより、本社の重要人物になる方だと伺っております」

支配人は丁寧に返答してきた。

それを聞いた瞬間にホテルをキャンセルしたくなったが、今晩の宿泊場所がないのは厳しいので、我慢することにした。

部屋に案内されて一人になれたので、直ぐに腕輪型端末を情報（ネット）に繋ぎ、翌日から泊まれるホテルを探した。

するとありがたいことに、すぐさまにホテルが見つかった。

なんでも、急にキャンセルが入ったとのことだそうだ。

そのホテルは、晋蓬皇国（しんほうおうこく）風のホテルで『武蔵屋（むさしや）旅館』という。

もちろん価格の面からも、ここよりはリーズナブルだ。

ちなみに晋蓬皇国とは、五十年前の戦争の戦後処理で、銀河共和国・銀河帝国・星域連邦らの手によって三分割された国で、独特の文化圏を持っていた国だ。

その文化は、国が滅びた今も三国にかなりの影響を与えている。

その方式のホテルには泊まったことがないので、ちょっと楽しみだ。

その嬉しさのまま、ニュース記事をしばらく閲覧することにした。

超空間での事故・各国を股にかける窃盗詐欺事件の続報・新船の広告・レジャーニュース・ホッコリする動物映像などを眺めていると、ドアがノックされた。

嫌な予感がしつつも、俺は確認にいく。

ドアスコープのモニターには、見知った顔があった。

「なんか用か？」

「なんか用かは酷いじゃないですか。お食事のお誘いに来たのですよ」

やっぱり美少女御嬢様だった。

「ルームサービスを頼むから結構だ」

「このホテルの最上階にあるレストラン『ヴァン・ニールベル』のディナーなんですよ？」

俺はドアを少しだけ開けて対応してやった。

「ドレスコードがある店じゃないか。礼服なんか用意してない」

このホテルの最上階にあるレストラン『ヴァン・ニールベル』は、グルメ雑誌に掲載されたこともある有名高級店だ。

それだけにドレスコードがあり、俺みたいな服装なのは門前払いされるだけだ。

「こちらでご用意しました。食事代も宿泊費も出します！　どうかお願いします！」

ドアの外で、レイアナは深々と頭を下げた。

社交場でするようなカーテシーではなく、頭を九十度にまで下げる最敬礼以上の頭の下げようだった。

すると、レイアナに代わって変態執事（トーマス）が説明を始めた。

「実は今、ロビーで旦那様に上流階級（金の亡者）のご令嬢たちが群がっていまして。親子水入らずでの食事に割り込もうとするのです」

「家族での食事だって言って断ればいいじゃないか」

「『ならば私を家族にしてください』と、返答してきまして。さらには『お嬢さんはそろそろお休みになられては？』と、お嬢様を邪魔者扱いしてくれまして」

そのときの有能執事（トーマス）の顔には、明らかに怒りがこもっていた。

「怒鳴り付ければいいんじゃないのか？　家族水入らずを邪魔するなって」

「このホテルが旦那様の所有するホテルでなければ可能です」

ガイウス氏はこのホテルのオーナー。つまりは客をどなりつけることになり、イメージが悪くなるわけか。

「でも、俺だって家族じゃないから水をさすことになるじゃないか」

「ショウンさんは私とお父様に請われてテーブルに座るんです。あの人たちとは違います！」

どうやら本気でその女性たちが嫌いらしい。

まあ、どれだけ大人相手にやりあっていたとしても、体格的に威圧されるだろうし、暴力でも振るわれたらひとたまりもない。

まあ、変態執事（トーマス）がさせはしないだろうが、トイレなどの変態執事が入れない場所だとどうなるかわからない。

「俺は明日から別のホテルに移る。それを邪魔しないってのを約束したら行ってやる」

「本当ですか⁉」

部屋のドアを完全に開け、ため息をつきながら承諾してやると、レイアナは満面の笑みを浮かべた。

そうして室内に入ってくると、トーマスの持っていたトランクを差し出してきた。

「お洋服です。着替えてくださいね♪」

俺はトランクを受け取って中身を見る。

「女物じゃないか！　しかも下着まで！」

「承知してくれましたよね？」

美少女御嬢様（がきんちょ）はいい笑顔を浮かべてやがる。

こういうところが、美少女御嬢様（このガキ）の可愛くないところだ。

「男でも問題ないだろう？」

「男性だったら『華を添えるためにも私も一緒に』と言ってきますね、あの上流階級（金の亡者）のご令嬢たちは」

俺のささやかな反撃を、変態執事があっさりと切り返してきた。

とはいえ、承諾してしまった以上今更ながらやめたとも言いづらい。

「わかったわかった。着ればいいんだろう」

俺は観念して、深くため息をついたその次の瞬間、

「んっっっではっ！　お着替えをお手伝いいたしますのでぇっ！　女性になっていただいてすっっぽんぽんにアァウチッッッッ！」

変態執事が、ドレスを手にものすごいオーバーリアクションをしながら俺に迫ってきたかと思うと、急に悲鳴を上げて床に転げ回った。

「さっさと出ていきなさいっ！　この変態執事っ！」

レイアナにスネを蹴られたのだ。


変態執事が部屋を追い出されたのを確認すると、まずは女の姿に変わる。

そして、

「お前も出るの」

レイアナを追い出してから、着なれた感じでドレス一式に着替える。

コスメまで用意していたので、それも使った。

なぜ男性として産まれた俺が、女性の下着やドレスを着るのや、化粧に慣れているのかというと、シュメール人は変身ができるようになると、親や学校からそういう類いのことを教わるからだ。将来的にどっちを選ぶかわからないんだから、両方教えておけば面倒がなくていいだろう。というのが理由らしい。

ちなみに事故で亡くなった俺の両親は、女子高で親友だったらしい。

着替えを終えて出てくると、レイアナとトーマスが人の顔をじっと見つめてきた。

「どうかしたか？」

「やっぱりショウンさんの女性の姿は魅力的です！」

レイアナは眼をキラキラさせながら俺の顔を見つめてくる。

「ライアット様！」

不意に、トーマスが俺の手を掴んで顔を近づけてきた。

「なんだよ……？」

「今夜是非ともいっぱ『ボゴッ！』つぅぅぅぅぅぅ！」

変態執事が最後まで言い切る前に、股間に膝蹴りをかましてやった。

「さ、いくか」

「そういたしましょう」

俺とレイアナは、のたうち回る変態執事をその場に放置し、一階のロビーに向かった。

ロビーに降りると、ある一角に人だかりができていた。

様々な色の派手なドレスを着こんだ、いわゆる『上流階級のご令嬢』たちが、一人の男性を取り囲み、ぎゃあぎゃあと騒ぎ立てていた。

周りの客や、ホテルのスタッフは迷惑そうにしているが、彼女たちはお構いなしだ。

取り囲まれているのはもちろん、このホテルのオーナーでもあり、レイアナの父親でもあるガリウス氏だ。

「お待たせしましたお父様♪」

その集団に、正確にはその集団に囲まれている父親に向かって、レイアナは明るく声をかけた。

「おお！　待っていたよレイアナ♪」

ガリウス氏はこれ幸いとばかりに、集団から抜け出し、レイアナを抱き締めた。

本当に娘を待っていたのだろう、その顔には安堵の表情が見てとれる。

「シーラさんもお連れいたしましたわよ♪」

レイアナの台詞に、俺は慌てお辞儀をして挨拶をする。

「ガリウスさん。お招きありがとうございます」

「やあシーラ。呼びつけてすまないね」

ちなみにシーラというのは、エレベーターの中で考えた偽名だ。

ガリウス氏は俺の手をとって、手の甲にキスをする。

そのガリウス氏の後ろからは、豪奢なドレスや派手なスーツを着た『上流階級のご令嬢』たちが俺を睨み付けていた。

　そんな状況を確認しながら、レイアナはわざと明るい口調で、

「さあお父様、シーラさん。さっそくお食事に行きましょう。シェフのスノウラフさんのお料理は素晴らしいですから楽しみですわ♪」

　俺とガリウス氏の手を取り、エレベーターに向かおうとした。

　すると当然のごとく、『上流階級のご令嬢』たちが前に回り込んできて、俺に難癖をつけにきた。

「貴女何様のつもり？　その人は貴女みたいなのが近寄っていい人じゃないのよ⁉」

「さっさとリオアースさんから離れなさい！　貴女がいることだけで迷惑をかけているのがわからないの？」

「貧乏人の匂いがするわ！　さっさとホテルから出ていきなさい！」

　わかってはいたが、金目当ての肉食女たちの迫力は凄まじいことこの上なかった。

　とはいえ、こいつらを蹴散らさないことには話にならない。

　物理的になら至極簡単ではあるが。

　俺は一歩前に出ると、溜め息をつきながら女たちに質問した。

「貴女たちは、ガリウスさんに奥様がいることはご存じですよね？」

「知ってるわ。でも離婚なさったのでしょう？　なら、リオアースさんは独身。私たちが声をかけていけない道理はないわ！」

　女の一人がドヤ顔で答える。

その答えに、レイアナとガリウス氏、そしていつのまにかやって来ていたトーマスが、明らかに不機嫌になったのが背中越しにも理解できた。

「どこで聞いたか知りませんが、ガリウスさんと奥様のシェルナさんは離婚なんかしていませんよ？」

「毎日毎日、朝晩かかさず、娘の私が恥ずかしくなるようなやり取りを立体映像電話で繰り広げてますわよ」

「おっおいレイアナ！」

呆れながら放った俺の言葉に、レイアナが追加情報を出してくる。

その内容に、ガリウス氏は嬉しそうに慌てた。

「で、あるにも拘わらず、『自分を家族に』とか、頭がおかしいみたいですね」

「じゃあああんたはなんなのよ⁉　あんただってそうなんじゃないの⁉」

「私はシェルナさんとも面識がありますし、貴女たちみたいに金目当てで近寄って知り合ったわけじゃありませんからね」

そうきっぱり言ってやると、『上流階級のご令嬢』たちも押し黙ってしまった。

どうやらそれくらいの自覚はあるらしい。

そこで、俺は一気に畳み掛けることにしてみた。

「そもそも、ホテルを利用している他の客の迷惑も省みず、ロビーでぎゃあぎゃあと騒いで……。これ以上わめき散らしてガリウスさんにつきまとうなら、脅迫及びホテルへの威力業務妨害で警察を呼びますが？」

そういい放つと、流石に怖じ気付いたのか、大人しくホテルを出ていった。

しかし、あの肉食女たちの中に、見たことがあるのがいたような気がしてならない。

ともかく、リオアース親子＋変態執事と食事に向かうことにした。

◇レイアナ・リオアース◇

今日ほどテンションの上がり下がりが激しい日は初めてです。

前日に乗り込んだウチの船で、私の専属料理人になってほしいショウンさんに出会えて、さらにお父様と一緒に中古新古の宇宙船の販売会を見て回ることができて、さらには夕食をお父様と楽しむことになって、テンションがうなぎ登りだったのに、ホテルに押し掛けてきた女性たちのせいで奈落の底に落ちてしまいました。

しかもそのなかには、昨年の新年のパーティー会場のトイレで、私の足をヒールで踏んだ女がいました。

その場ではきちんと謝罪をしてきましたし、私も許しましたが、あまりにも痛かったので医師の先生の診察を受けたところ、足の甲の骨が折れていました。

その事件があってから、私は強化プラタイトの仕込まれた靴を履くようにしたのです。

ショウンさんを見たときの女性たちの表情は見ものでした。

元々シュメール人には美形が多いうえに、ショウンさんはなにかしら鍛えているらしく、スタイルも姿勢も抜群に決まっています。

贅沢し放題で厚化粧の女性が叶うはずありません。

そして、私やお父様やホテルのスタッフでは言いづらいことを叩きつけ、追い出してくれました。


そのあとの食事は、実に楽しいものでした。

ショウンさんは、私かお父様が話しかけたときだけ答え、私とお父様のおしゃべりを遮らないように気を遣ってくださいました。

お料理も素晴らしく、本当に楽しい時間を過ごすことができました。

どうせなら、ショウンさんに私の専属料理人になってもらって、腕をふるってほしいものです。

◇ショウン・ライアット◇

上流階級のご令嬢たちとの対決が終わり、高級レストランでの緊張の食事が終わると、部屋に戻ってすぐにベッドに倒れこんだ。

「ああいう店は苦手なんだよな……」

しかしこのままではドレスがシワになるので、下着も含めて全部脱ぐと、洗濯物用転送機(ランドリーライン)に放り込んだ。

そしてシャワーを浴びると、腕輪型端末を取り出して情報を眺めながら、さっきの女たちの中の、どこかで見たことがある連中のことを思い返していた。

そして情報を読み飛ばしていたとき、ある情報に目が留まった。

◇？　？　？　◇

私たちは、ホテル・ヴァルス・ヴェーランの喫茶室で朝食を食べていた。

昨晩の屈辱を噛み締めながら。

「あ～あ。せっかくリキュキエル・エンタープライズの社長に取り入れると思ったのにな～」

「全部あの女のせいよ！　おいしいところを持って行きやがって……」

妹のぼやきに対し、私は昨日現れたムカつく女の顔を思い出していた。

「あの女が社長のマジ愛人なんじゃないの？」

「だったらあのクソガキが懐く訳ないじゃない！」

「そこから懐柔したんだよ多分」

声を荒らげてしまったが、妹の言っていることは正しいと思う。

あの生意気なクソガキがあそこまで懐くのは、まずはあっちから攻略したに間違いない。

晋蓬皇国のことわざを借りると、『将を射んと欲すればまず馬を射よ』って奴だ。

「私たちもそっちから仕掛ければ良かったかなぁ……」

「姉さん、私のコーヒー飲まないでよ」

「いいでしょ別に」

「今は駄目でしょ。子供なんだから」

「それくらい誤魔化せるわよ」

私は今、カモを待ち受けるために子供の姿をしている。

カモは宇宙船の販売会場で、リキュキエル・エンタープライズの社長と仲良く話をしていた青年実業家だ。

なにしろ、大型船・超大型船のスペースで船を買っていたほどだ。

そうとう持っているに違いない。

そのとき、喫茶室の入り口からムカつく奴が入ってきた。

「……姉さんあれ」

「ちっ……」

それは、昨晩私たちの邪魔をした忌々しい女だった。

もちろん向こうは気がつくはずはない。

なにしろ今の私たちは、親子にしか見えないからだ。

そいつは私たちのすぐそばの席に座った。

私は妹に合図を送り、体内通信を使うことにした。

こうすれば、会話の内容を聞かれることはない。

『にしても来ないわね、あの男』

『あせることないわ。ここに泊まっているのは間違いないんだから』

周りから見れば、親子がニコニコしながら食事をしているだけに見えている。
私たちはそれだけの経験を積んでいるのだから。
しばらくすると、喫茶室の入り口から、今度は警官の一団が入ってきた。
先頭は制服を引き連れた私服の刑事だ。
『姉さん……』
『慌てないの。慌てて出ていったら怪しまれるわ』
妹は不安そうにするが、ここで慌ててはいけない。
なにも、私たちを捕まえにきたとは限らないのだから。
すると警官たちはあの女に近寄る。
私たちの邪魔をしたあのいけすかない女だ。
私服は女の対面に座ると、
「見せろ」
とだけ言い放つ。
いけすかない女も慣れた様子で、
「どうぞ」
とだけ言い、何かを手渡した。
「……どうやら間違いないようだな……」
刑事は女を睨み付け、渡されたものを懐にしまった。

おそらく、証拠かなにかだろう。

それを対価に逮捕を免れるつもりらしい。

『どうやらあの女、同じ穴の狢だったみたいね』

『これをネタに、リオアース社長に入り込めそうね♪』

私たちは、今後の作戦が旨い方向に転がっていくのを確信した。

でもその大物の前に、小物を釣り上げないといけない。

そしてその小物が来るであろう方向を見つめていると、いきなり身体に衝撃が走った。

私も妹も腕を掴まれ、頭を押さえられ、『脳』を収納している頭部を展開された。

もちろんその『脳』に向けて、何丁もの銃が向けられている。

「えっ⁉　なに？」

妹はパニックを起こし、状況がわかっていないようだ。

しかしそれは、何にも知らない一般人の反応でもある。

そこで私は、今の自分の見た目を最大限利用し、

「ママっ！　ママっ！」

と、精一杯子供らしく叫んでみた。

しかし、

「正体は判明しているぞネーダー姉妹。詐欺・窃盗が山ほどだ。身体のほうも……捕獲できたらしい」

刑事が私たちの姓を呼び、罪状を読み上げ、身体も押さえられたうえ、『脳』を露にされた今、私たち姉妹が逃げることはできない。

そんな私たちとは対照的に、あの女は悠然とコーヒーを飲んでやがる。

考えるまでもない、あいつがサツを呼び、私たちを売る代わりに見逃されたんだ！

「おいポリ公！　そいつだって私らと同じ詐欺師なのに、どうして捕まえないんだよ⁉」

私は精一杯の大声をあげてやる。

これでこいつの情報はリオアース社長に届くはずだ！

長い時間をかけて入り込んだらしいが、全部おじゃんにしてやる！

すると女はこちらを振り返り、

「残念だけどそれはねえよ」

薄い光と共に、男に変わった。

それは、私たち姉妹がカモにしようとしていた男だった。

つまりこいつは、男でも女でもあり、男でも女でもない雌雄同体のシュメール人だということだ。

「騙しやがったなカタツムリ野郎！」

妹は唖然としていたが、私はへこむつもりはない。

それに、シュメール人だからといって、こいつが詐欺師でないとは言えない。

「ふざけんな！　そいつがシュメール人ならより詐欺がやりやすいだろうが！」

それを訴えるべく声を張り上げたが、

「こいつは俺の知り合いで、リオアース一家とも縁がある。そのうえ身分もはっきりしている。たまたま相談してくれたので助かったよ」

刑事が、にやついた顔をしながら私の主張をはねのけた。

その瞬間、私の意識は途絶えた。

◇ショウン・ライアット◇

「手間をかけたな」

「リオアース親子から食事の誘いを受けて、ロビーに行ってなけりゃ気がつきませんでしたよ」

詐欺師の姉妹の『脳』が運ばれていくのを視界の端に入れながら、リュオウ警部に答える。

事実、レイアナに食事に誘われなかったら、なにも知らずにあの姉妹と行動していたかもしれない。

あの美少女御嬢様（がきんちょ）には感謝しなければいけないのかもしれない。

まあ、船の支払いは済ませてあるから、たいした金はもってないが。

「そういえば、船は買えたのか？」

「ええ。納船は六日後で、乗って帰るつもりなんです」

「随分面倒な手を使ったな」

「そのぶん安くなるんで」

初めはオルランゲアまで運んでもらうつもりだったが、自分で乗って帰れば二割引にしてくれるというので、そっちにしたのだ。

「だからこんなところに泊まってるのか？」

警部殿は、事情は理解しているだろうに、にやにやしながら嫌みをいってくる。

「分不相応ですよこんな高級ホテル。このまま別のホテルに泊まって、引き渡しの日まで首都観光でもしますよ」

「お前さんは星々を飛び回る癖に、惑星上に降りないからな。たまには観光もいいだろう」

「警部。容疑者の護送準備、終了しました」

世間話をしているうちに、制服の警官が警部殿に報告に来た。

「さて、仕事だ。そうそう、あの姉妹には賞金がかかっていたから、その支払いは後日だ」

「わかったよ」

そういうと、警部殿は部下を引き連れてホテルを出ていった。

これでようやく自由の身だ。

スタッフを呼び、朝食をオーダーすると、首都の観光案内のデータを眺めることにした。

作者による業務日誌解読のための用語解説

【スペースコロニー】

SFといえばコレ！　といっても過言ではない、超有名な宇宙空間に浮かぶ人工居住地です。有名なのは三つあります。

①シリンダー型
円筒型で回転によって重力を発生させ、交互に陸と窓の区画に区切られ、窓の外側には太陽光を反射する可動式の鏡が設置され、昼夜や季節の変化を作り出す。

今回使用したのはこれ。一番有名ですね。

②バナール球型
回転する球殻の極付近に大きな窓を作り、外部に設置された鏡で反射された太陽光を取り込むタイプ。資料の画像を見る限り、『球』ではなく『短くて太い筒』に見えますけども。

③スタンフォード・トーラス
いわゆるドーナツ型。

回転してリング内部の外側に、地球と同等の重力を発生させ、太陽光は鏡で取り込まれる。リングはスポークで結ばれ、スポークは人や物資の移動にも使用される。また、スポークで繋がれたハブは無重力であるため、宇宙船のドッキングなどに使用される。

他には、小惑星を改造したものなんかもあるようです。


【軌道エレベーター】

惑星表面から宇宙空間の静止軌道まで移動できるエレベーター。

ロケットの打ち上げをしなくていいのでコスト削減になるそうです。


【移動板(プラットフォーム)】

本来の意味は、周辺よりも高くなった水平で平らな場所という意味。

転じて、『環境整備』『基盤作り』『足場』などの意味に使われるようになった。

SFでの扱いだと、平らな板の下に浮遊式の移動推進装置がついていて、巨大な建物や船内の移動に使用される。某ゲームでソ連兵が使っているのが一番わかりやすいです。


【晋蓬皇国(しんほうこうこく)】

皇王(こうおう)を頂点とする合議制国家だったが、五十年前の第四次銀河大戦の戦後処理で、銀河共和国・

銀河帝国・星域連邦らの手によって三分割された国で、独特の文化圏をもっていた国。その文化は、国が滅びた今も三国にかなりの影響を与えている。

　国のイメージはもちろん日本です。


【第四次銀河大戦】

　五十年前に終結した、銀河共和国・銀河帝国・惑星連邦・晋蓬皇国の四国間で、資源惑星の利権獲得をめぐって勃発した大規模な戦争。


【立体映像電話（ホロ・フォン）】

　立体映像を投影できる通信装置。そろそろ実現しそうですよね。


【洗濯物用転送機（ランドリーライン）】

　ホテルに備え付けてあるランドリー室に直通になっている転送装置。ヴァルス・ヴェーランでは、銀河標準時で午後九時までに放り込めば、翌朝七時までにはクリーニングされて帰ってくる。

　自宅に欲しい……。


【『脳』を取り出しての逮捕】

　これはつまり、ネーダー姉妹は脳を特殊なボックスにいれ、機械の身体を乗り換えることで、警察の目を掻い潜り、ターゲットの嗜好に合った外見に変えていたということ。

ファイル04　旧知との邂逅

◇ショウン・ライアット◇

新しい船を手に入れてからはや二週間。

仕事は実に順調だ。

船名は『ホワイトカーゴ』から『ホワイトカーゴⅡ』に変更したが、仕事の内容自体は変わらない。

そのお陰で、船を買う際になくなってしまった貯金分が確実に溜まってきている。

ありがたいこととしては、前の船より大きいため、貨物室が広くなり、二百四十ｔという以前の倍の荷物が積めるようになったことだ。

船が大きくなった分、客室部分もかなり広くなったうえに、客用の寝室が二部屋あり、洗面所にトイレにキッチンという以前と同じ設備があり、シャワー室ではなくバスルームがついている。

さらには、少し狭いが二階があり、そこは俺の私室にした。

トラブルにも巻き込まれず、面倒な客も来ず、実に順調に日々を過ごすことができていた。

そうして今も、拠点にしている惑星オルランゲアの銀河貨物輸送業者組合の貨物配達受付にやってきた。

「チェックを頼む」

「やあやあ、お帰りスネイル。今回は厄介事はなかったみたいだね」

しかし、オルランゲアの貨物配達受付には、自称永遠の十七歳こと、ササラ・エスンヴェルダがいる。

相も変わらず、人のことをスネイルと呼んでくる。

「いい加減それはやめてくれないか？　訴えてもいいレベルだぞ」

「えーいいじゃない。コードネームみたいで」

「差別用語だよ。それよりチェックをたのむ」

「は～い」

とはいえ毎度のことではあるし、さして気にすることなく、仕事の報酬を受け取るべく、腕輪型端末を検査機に近づける。

「はい。紡績会社からの繊維の輸送依頼は完了しました。報酬はいつもどおりでよろしいですか？」

「ああ」

「ではこちらが報酬になります」

いつものことなので、半分は現金、半分は情報で渡してくれた。

そのとき、彼女のネームプレートに見慣れない文字があった。

「あんたいつの間に主任（チーフ）になったんだ？」

「先週かな？　前任者が懲戒免職になったんだよ♪」

彼女はにっこりしながら、なかなかの豪速球を投げ込んできた。

「前任者って、常に睨み付けてきた仮面女（厚化粧）か？」

前任者の主任は、貨物輸送業者（俺たち）を常に睨み付け、応対のときは常に不機嫌な表情という、なんで主任なんかやっているんだと言いたくなる女だった。

情報屋（サム）に聞いた話だと、あの仮面女は、もともと配達依頼受付（オーダーカウンター）の受付をしていて、昇進の話をありがたくいただいたところ、配達依頼受付ではなく、貨物配達受付のほうだったことに激怒したという。

なんでも、金持ちのイケメンには親切に、それ以外はぞんざいに対応していたため、評判が良くなかったのだが、どこぞのお偉いさんの関係者だったために、クビに出来なかったらしい。

そのために、イケメンはともかく、金持ちのいない貨物配達受付（こっち）に昇進と偽って飛ばされて来たのだそうだ。

「使い込みがばれてね。まあお金は全額返金されたけど」

さすがに法に触れてしまうと、クビにせざるを得ないらしい。

が、それ以上に気になることがあった。

普通、主任というのは、人が少ないならともかく、人数の多いオルランゲアの銀河貨物輸送業者組合では、それなりの経験が必要だ。

「でもあんたが主任ってことはあんたが貨物配達受付（ここ）で一番の古株……」

「弱冠十七歳の史上最年少主任になにを失礼なことを言ってるのかしら？」

俺の呟きをかき消すように、ササラが可愛くドスをかましてきた。

「『永遠の』だろうが……。とにかくおめでとう。今度差し入れでも持ってくるよ」

あんまり突っ込むとあとが怖いので、ご機嫌をとっておくことにする。

「じゃあプランスメリーのケーキと、スネイルお手製のクッキーをお願いね♪」

差し入れの一言で機嫌が治ったのはいいが、不穏な発言があった。

プランスメリーというのは、オルランゲアで有名なケーキショップだ。

そこのケーキはわかるが、俺の作ったクッキーとはどういうことだ？

「俺の作ったクッキーなんかもらって嬉しいのか？」

じいさんと仕事をしていた頃から、時折受付に差し入れをしていた。

そういうことが、人間関係を円滑にする秘訣だと習ったので、今でも時折差し入れをしていたりする訳だ。

俺としては、お客のお茶うけになればと、配達中の時間潰しに作製したものだ。

しかし、ササラはもの凄く真面目な表情をし、衝撃的な言葉を吐いてくれた。

「いけませんねショウン・ライアット。あなたの自家製クッキーは、私たち受付嬢の間では末端価格が凄いことになっているのです。その自覚を持ってください」

「俺のクッキーは麻薬かなんかか！」

「それくらい美味しいんだってことだよ♪」

だがまあ、不味いと言われるよりはいいので、今度作ってくることにしよう。


報酬を受け取ったあと、俺はいつものフードコートに向かった。

これは、俺にとっては験担ぎだ。

験を担ぐのは、惑星表面から出られなかったころからの、船乗りの伝統だとじいさんに教えてもらったものだ。

そうして、いつものミックスグリルのプレートを手にテーブルに向かうと、一つのテーブルから声をかけられた。

「ようショウン！　こっちだ！」

俺に声をかけてきたのはトニーだった。

トニーの弟子のサムはもちろんだが、それ以外にも見知った顔が座っていた。

「久しぶりだなショウン！　スタナーで射たれて昏睡していたらしいが、もう大丈夫なのか？」

「退院したのは一ヶ月半前だよ」

古典の物語に出てくるドワーフのような髭を生やしたこのおっさんはガルダイト・ホーゼン。

『ホーゼン・トラックス』という船団を組んでいて、周りからは信用できる律儀な男として知られている。

が、このおっさんには有名なあだ名がいくつもある。

それは、

「おいショウン！　せっかく先輩が心配してやったんだ。お礼に女になって乳くらい揉ませろ！」

『セクハラ大王』とか『変態スケベ親父』とか『変態ヒゲジジイ』といったものである。

組合から除名されないのは、過去の功績と、面倒見のよい人柄と、お客には絶対にやらないのと、言っても訴えないくらい仲の良い連中にしか言わないからだ。

ちなみに俺のじいさんとも知り合いで、初めて会った十五のときに、女のときの俺の胸を触ろうとして、じいさんにスパナで頭を殴られていたのを覚えている。

そして、じいさんが亡くなったときにいろいろと世話を焼いてくれたのもこのおっさんだ。

「おっさん。いい加減にしないと本気で訴えられるぞ？　俺たち以外から」

すると、俺の横にいたやつも、おっさんに文句を言った。

「まったくだ。お前のせいで運び屋の男性全員が下品にみられてしまう。真面目で誠実な者のほうが多いというのに」

「そのときはそのときだ。それより、なんでお前さんはいつもムッツリしてるんだ？　せっかく美人なのによ」

「うるさい。斬られたいのか？」

俺の左横に座っていて、物騒なことを言ったこいつはキャロライン・ウィルソンという。

俺と同じく一人で仕事をしているトランスポーターだ。

美人で、長い金髪をポニーテールにしている。

口調は男みたいだが、ちゃんと女だ。何より、立派な女性としての主張がそびえたっている。

母親が旧晋蓬皇国領の出身で、その影響から『剣術』を習い、今では『姫剣士(ソードプリンセス)』などと呼ばれていて、ビームセイバーを常に腰にぶら下げている。

だがおっさんが言った通り、いつもなにか考え込んでいるような顔をしているのは確かだ。

そのとき、俺とキャロライン＝キャシーの後ろに、不意に影が差した。

「今日は実にラッキーだ。美しい華に二輪同時に出逢えるなんてな」

その影は、俺とキャシーの間に入り込んでくると、二人の肩に素早く手を回してきた。

「あんたかよ……」

「鬱陶しいから近寄るな」

俺もキャシーも肩に置かれた手を払いのける。

「つれないなあ……。だが、美しい華はそういうものか」

こいつはシュルゲート・ウッドベイル。

俺とキャシー同様に一人で仕事をしている。

そして暇さえあれば女をナンパしているスケコマシと言うやつだ。

これに引っ掛かる女が一定数いるというのだから不思議だ。

「あんた目が悪いのか？　なにが美しい華二輪だ。俺は男だぞ？」

「だがシュメール人だ。知ってるぜ？　シュメール人は産まれる直前に性転換する。それは同性の眼で意中の相手を探し、同性の視点から魅力的な異性を観察するためだ。ってな」

ドヤ顔でそういうと俺の手を握り、

「つまり俺にとってはお前も一輪の華なのさ……」

決め顔をして俺の顔を見つめてくる。

確かにシュメール人の傾向としては、基本性別がどちらであろうと中性的な顔立ちになるため、男のときの俺の顔も女に見えないことはない。

しかしだからといってうざい感じに迫られたらたまったものではない。

「なんの与太話だそれは？　たとえそれが真実だとしてもお前はいやだ」

「いずれ俺の魅力がわかるさ……」

そういうと俺の手を離し、腰の銃をくるくると回したあと、俺に銃口を向けた。

撃つ気がないのはわかっているが、気分の良いものではない。

なにより、

「俺の相棒は、女のハートも撃ち抜くからな♪」

こういった歯の浮く台詞が一番気分が悪くなる。

基本悪い奴ではないし、仕事も信用できる。

それだけにうざすぎるのが問題だ。

それと、こいつの愛用する銃はコルテス社製リボルバー型カートリッジ式ブラスター。別名『ドラクーンバイト』。

要するにいちいちガンアクションをしないと気がすまない同業者の一人なのだ。

ちなみにここのフードコートでは、銃が出たくらいでは騒ぎにはならないので問題はない。

◇キャロライン・ウィルソン◇

今、私の目の前で夢のような光景が広がっている。

シュメール人のショウンを、シュルゲートが口説いている。

しかも！　手を握り、「つまり俺にとってはお前も一輪の華なのさ……」ですって⁉

しかも男の姿のままの彼に対して！

今大人気のBL小説『お前は俺のお姫様』の一シーンを彷彿させるじゃないの！

ショウンが来る前のトニーとサム君のやり取りも最高だった……。

まさか「おいらは兄貴と一心同体っすから」とか平然と言うなんて！

ヤバい鼻血出そう。顔がにやける。

ダメよ！　今の私は貨物輸送業者！

姫剣士のキャロライン・ウィルソン！

大手BL同人作家の『スティックキャンディ』じゃないのよ！

大フィーバするのは、自分の船に戻って、この腕輪型端末に記録された映像を見ながらよ！

我慢……我慢……。

◇ショウン・ライアット◇

シュルゲートは別のテーブルから椅子を持ってきて、俺とキャシーの正面に座った。

「ここなら、常に視界に華が入るからな」

そういってウインクをするが、ただむかつくだけだ。

そしてシュルゲートは懐から現金を取り出すと、おもむろにサムに投げ渡した。

「何かしらの情報をくれ。ホットな奴をな」

どうやらこいつは、サムに情報を貰いに来たらしい。

俺たちがいるところで買うということは、情報をおごってくれるらしい。

「わかったっす」

サムはその金を受けとると、自慢の手帳を取り出した。

「俺たちの仕事関連でいいっすよね」

テーブルにいた全員が、サムの言葉に耳を傾ける。

この少年の持っている情報網からもたらされる情報は、下手なマスコミの報道なんかより、信用できるからだ。

「スターフライト社の内部派閥が、四つ五つに分かれて互いに争ってるらしいっす。今はかろうじて機能してるみたいっすが、いつ爆発するかはわかんないっす」

「マジかよ。サム、そういうことは早く言え」

「ここに来る直前に仕入れたんっすよ」

兄貴分のトニーが咎めるように声をかけるが、サムはさらりとかわす。

「あと、惑星ランレイの宇宙港が老朽化で取り壊しが決定、来月には廃材及び資材の運搬の仕事が発注されるみたいっす。でも、保存会の人たちから嘆願書が送られてきてるらしいっすから、どうなるかは今のところわからないっす」

惑星ランレイの宇宙港は、仲間内どころか共和国内でも有名な年代物の宇宙港で、いつ取り壊されるのか噂になっていたところだ。

「ニュースにもなってないネタをよく見つけてくるのお」

「そこは俺の顔の広さっす」

ガルダイトのおっさんの感心の言葉に、サムは自分の胸をどんと叩く。

「で、最後にとっておきがあるんすけど……」

何故かサムが俺を見つめてくる。

「男五人はむさ苦しいっすよね～」

なるほどそういうことか……。

「じゃあ俺は聞かなくていい」

「じゃあ俺も喋りません」

「おいおい。金を出したのは俺だぞ？」

「じゃあまずそのとっておきを言え。その内容による。下らない内容だったらボーイズバーに放り込んでやるからな」

俺のボーイズバーの一言に、サムはぶるっと身体をふるわせる。

「おいショウン！　勝手に決めるな！　俺の弟分だぞ？」

「とっておきがまともなら問題ない」

トニーがサムを助けようとするが、それくらいのリスクは考えるべきだ。

「ほんとにとっておきだから大丈夫……」

サムは不安そうにしながらも、手帳をめくる。

「銀河帝国に近接している方面で、海賊が頻繁に出てるらしいんすけど、その海賊の正体が帝国貴族だって話っす」

それを聞いた瞬間、全員が眉を吊り上げる。

「銀河帝国の貴族は、先の戦争以降は権力を削がれて弱体化していると聞いたが？」

「それに反発している連中の内の誰かがって話みたいっす」

銀河帝国の貴族というのは、皇帝と貴族以外は奴隷としか思っておらず、他国である銀河共和国や星域連邦を属国としか考えていない。

ガルダイトのおっさんが言ったとおり、先の戦争以降はそういった思想の貴族は権力を削がれて弱体化しているが、昔の権勢を忘れられない連中が海賊をしているのだろう。

「で、そいつらが越境して海賊をしている、と。近寄らないほうが良さそうだな」

「残念っすけどこれ以上は情報は得られなかったっす」

サムは申し訳なさそうにするが、実際これはかなり重要な情報だ。

連中にとっては、『犯罪である略奪行為』ではなく、『貴族への献上義務を怠った者共への制裁』くらいに思っているのだろうが。

「それよりどうっすか！　ちゃんとまともな情報だったっすよね！」

俺の思考を吹き飛ばしながら、サムが鼻息も荒く俺に詰めよってくる。

「わかったわかった……」

俺はため息をつきながら、女の姿に変身した。

「お～眼福眼福♪」

「金髪緑眼と銀髪碧眼の美女が並ぶと壮観だな」

「写真写真……」

「ショウン。お前は普段から女のほうが絶対いいぞ」

男共は勝手なことをわめきたてる。

「意外とあっさり変身するんだな。女扱いを嫌うくせに」

「情報はかなり有用だったし、自分から言い出したからな……」

なぜか少し不機嫌そうなキャシーに指摘されるも、反論ができないのが悔しい。

ちなみに回りの連中にも、俺とキャシーに視線を向けてきているのがいるが、俺もキャシーも無視を決め込んだ。

◇サムソン・カスタス◇
やっぱり美人が増えると場が華やかになるっすね！

それに、ショウンさんは今ノーブラっすから、ちょっと動くだけでぷるんぷるんするっす！

本人は全く気にしてないっすけど……。

おいらは今本当に幸せっす。

トニーの兄貴に拾われてなかったら、今頃スラムで虫ケラみたいに殺されていたかもしれないんっすから。

ちなみに女の姿のショウンさんは、俺の初恋の人っす。

なにしろ初対面のときに女の姿だったうえに、手料理まで食べさせてもらえたっす。

だから、シュメール人で基本性別が男だったのを知ったときは愕然としたっす……。

だからできるだけ、ショウンさんには女の姿になってもらわないといけないっす！

これは、おいらの初恋を打ち砕いてくれたショウンさんへの復讐っす！

けっして、基本性別が男だからおっぱいを触ってもあんまり怒らないからじゃあ、ないっすよ？

◇ショウン・ライアット◇
サムの情報に、全員が真剣な表情をしているところに、また人影が現れた。

「あーいたー！　キャシー！」

そいつは、全速力でキャシーの前まで来ると、膝をついてお祈りのポーズをし、

「お願い！　五万クレジット貸して！」

借金の申し込みをしてきた。

こいつはアルニー・エスフォル。

女性の同業者で、見た目はショートカットでスレンダー。顔も可愛らしく愛嬌がある。

が、ブランド好きで金遣いが荒く、あちこちに借金をしている。

そんな彼女に対してのキャシーの答えは決まっている。

「いやだ」

「そんなぁ⁉　お願い！　どうしても必要なのよ！」

「じゃあ前に貸した二万クレジットを先に返してもらおうか？」

「それもないから貸してって言ってるの！」

「二万クレジットを返したら考えてやる」

必死な形相のアルニーとは対照的に、キャシーは極めて冷静だ。

キャシーに頼んでも無駄だと理解したアルニーは、男性陣に視線を移す。

「俺と一晩過ごすなら、貸すどころかプレゼントするぜ？」

「俺の船でストリップするなら考えてやってもいいぞ」

おっさん二人によるセクハラ大爆発の発言だが、借金を断る口実なので大目に見てやることにする。

「俺は貸さねえし借りねえ主義だ」

「それよりこの前の五万を早く返してほしいっす」

トニーはきっぱり断り、サムは冷たい目をしながら手を差し出す。

てかサムにまで借りてたのか、こいつ。

「ねえサム君。お姉さんがイイことしてあげるから、ちょこっと貸して欲しいなぁ♪」

アルニーはウインクをして身体をくねらすが、

「貧乳に興味はないっす」

サムの一撃にあっけなく撃沈した。

すると今度は俺のほうに顔を向け、

「ねえショウン、十二万貸して！」

と、借金の申し込みをしてきた。

「額があがってるぞ」

「それで二人に返して、さらに私の欲しいものも買えるでしょ？　だから貸して！」

「船を買ったばかりで金がない」

「なんで船なんか買ったのよ!?　そんなにお金あったなら私にちょうだいよ！」

なんつう理屈こねやがるこのアマ。

「誰がやるか！　そもそもお前、仕事終わったばかりじゃないのか？」

俺のその言葉に、アルニーはビクッと震え、

「……借金取りに全部持ってかれた……」

ばつの悪そうな顔で、自分の現状を吐露した。

その事実に全員がため息をつく。

「じゃあ貸してくれなくていいから協力してよ」

それでもめげずに、アルニーは俺に話しかけてくる。

「なにを協力するんだ？」

俺が肯定的な発言をすると、満面の笑みを浮かべた。

「キャシーとショウンがえっちい水着、正確にはスリングショットを着て、カンパをお願いするの！　二人だったら百万二百万あっという間だよ！」

俺もキャシーもブチ切れかけたが、とりあえず質問をしてみた。

「で、お前はなにをするんだ？」

「私はプロデューサーだから、遠くから見守っているわ！」

つまりなにもしないということだ。

「ふ・ざ・け・る・な！」

「痛い痛い痛い痛い痛い痛い！」

キャシーがついにブチ切れ、こめかみを拳で挟み、ぐりぐりとやりはじめた。

「あら。随分賑やかね」

そこに、後ろから声がかかった。

「あ、バルスィン姉さん！　助けて！」

「あらアルニーちゃん。どうしたの？」

そこにいたのは、パンツスタイルのレディーススーツに身を包み、パンプスを履き、腰の辺りまであるストロベリーブロンドのロングストレートの髪をうなじのあたりで纏(まと)めた『できる女』といった雰囲気の、れっきとした、パッと見女性に見えてしまう『男性』だった。

名前はバルスィン・チェンシー。

貨物輸送業者としてはもちろん、ファッションやジュエリーのデザイナーとしても名前が売れている。

貨物輸送業者をやめたほうがいいのではと助言したところ、

「輸送中のほうがアイデアも浮かぶし、作業もはかどるのよ♪」

とのことだ。

ちなみに、『彼』はシュメール人ではない。

そのバルスィンに、アルニーが助けを求めるが、

「キャシーとショウンが虐め……『お前が悪いんだろうが！』あいたたたたたたたたたたた！」

キャシーが許すはずはなかった。

「はあ……アルニーちゃん。貴女またお金のトラブルなの？」

「だって新作が……」

バルスィンも、アルニーの所業は把握済みだ。

「ごめんなさいね。この子がファッションに入れ込むのは私が原因みたいなものなのよ」

実はアルニーは、このバルスィンに貨物輸送業者の仕事を仕込んでもらった、言わば師匠と弟子の間柄だ。

そのときに、バルスィンの影響もあり、ファッションの素晴らしさを実感し、のめり込むように

なった。らしい。

「まったく……この前貸してあげたのを含めて八十七万クレジット。一部でもいいからそろそろ返してちょうだいね。今日のお仕事で報酬は入ったでしょ？」

するとアルニーはばつの悪い笑顔を浮かべる。

「えへへ……」

「あんたって娘は……」

それだけで全てを察したバルスィンは、

「いい加減無駄遣いを止めろっていってんだろうがぁぁぁっ！」

「痛い痛い痛い痛い痛い！　ごめんなさいぃぃぃぃぃ！」

今までの女性口調ではなく、明らかな男性の口調で、キャシーでは比較にならないほどの力で、こめかみを拳で締め上げた。


そのとき、急にその場にいた全員の腕輪型端末が音を立てた。

正確にはそのフードコートにいた全ての貨物輸送業者の腕輪型端末が鳴ったのだ。

それがいったいなんなのか？

貨物輸送業者は全員が理解していた。

「よかったな、アルニー。お仕事だ」

「これって強制呼び出しじゃん！　タダ働きはいやぁ！」

そう、大規模代替輸送依頼が発令されたのだ。

俺たちが受付に集まると、ササラは踏み台の上にあがり、それ以外の受付嬢は綺麗に整列していた。

ササラはマイクを受け取ると、何度か咳払いをしてから、俺たちが集められた経緯を説明し始めた。

「貨物輸送業者の皆様。お集まりいただきありがとうございます。現時刻より三十分前、十二時十七分発の惑星リーシオ行きスターフライト社貨物便１０２６便が、離陸直前にストライキを起こしました。その便には、近日中には惑星リーシオに輸送しなければいけないものが多々ありましたので、今回皆様に代替輸送をしていただきます」

集まった全員から、ため息や舌打ちが発せられる。

一部態度の悪いのがブーイングをするが、ササラに一睨みされるとおとなしくなった。

ササラの顔を見るに、彼女も相当に頭にきているらしい。

「さらに！　現時刻より十分前、十三時五分発の惑星リーシオ行きスターフライト社旅客便３５４便もストライキを開始。一部のお客様がチャーターを希望されています」

ササラの言葉に、その場にいた全員が驚愕の声をあげた。

惑星リーシオとは、じいちゃんたちドラコニアル人の主惑星である。

さらに、近日のうちにドラコニアル人のお祭りがあることもあって、帰省客・観光客が多い。

それでストライキはたまったものじゃない。

テレビでも、最近のスターフライト社の不真面目さをバッシングしはじめている。

「積み込む荷物の振り分けはすでに終わっています。腕輪型端末に送った情報にしたがってください。なお、貨客船をお持ちの方はお客様を引き合わせますので、係員が付きます。その指示に従ってください」

全員の腕輪型端末に情報が送られると、大半の連中がぶつぶつ言いながらも、自分の船に向かっていった。

そして残された貨客船の持ち主には、係員が近づいてくる。

「ショウン・ライアットさんですね？　今回担当をさせていただきますミィミス・ラッペリオと申します」

彼女は実に綺麗なお辞儀をし、鈴の鳴るような美しい声で挨拶をしてきた。

そんな彼女は実に目立つ受付嬢だ。

それは彼女がサロック人、一つ目の種族だからというだけではない。

受付嬢の制服をピシリと着こなし、艶やかな長い黒髪はうなじのあたりで束ねられており、まさしく『できる女』のオーラを放っている。

スタイルも良く、その存在を主張するバストは女性ですらも虜にする。

さらに、嘘か本当かは知らないが、彼女はその巨大で魅力的な瞳で、相手の嘘を見抜くと言われている。

もしササラがいなかったら、彼女こそ貨物配達受付の主任にふさわしいだろう。

「ショウンさんに運んでいただくのは『工業用部品』とお客様三名です」

「俺の船は速くないから、到着まで五日はかかるってのは説明してくれたのか？」

時折、「聞いていない！」とか「だったら全開で飛ばせ！」とか言ってくるのがいるので、そのあたりを説明してもらい、それでもいいと言ってくる相手だけ、乗せるようにしている。

「祭りの開催日に間に合えばいいそうですから」

祭りまでは七日はあるから、それなら問題はないだろう。

そして俺には、一つ聞いておきたい事があった。

「仕事とは関係ないんだが、一つ聞いていいか？」

「何でしょう？」

「俺の作ったクッキーの末端価格ってのはどういうことなんだ？」

俺の質問に、ミィミスは真剣な表情で詰め寄ってきて、

「私たちは仕事の頼みごとをするときにお菓子を渡したりするんですが、ショウンさんのクッキーは十枚入り一袋で残業を交代してもらえるほどの価値があるんですよ！」

鼻息も荒くなりながら説明してくれた。

「そ……そうなんだ……」

が、部外者である俺には、その価値については全く理解できない話だ。

「んっうんっ！　それはさておき、お客様は先に停泊地に向かっておられますので、私たちも急ぎましょう」

彼女は咳払いをしてたたずまいを改めつつ、俺の前を歩き始めた。


停泊地に到着すると、振り分けられた貨物がすでに到着していたので、すぐに貨物室を開ける。

そうして積み込みをしているときに、乗客がやって来た。

人数は三人。男一人女二人のドラコニアル人だった。

「お前が運び屋か。私と姉上、あと使用人一名だ、よろしく頼む」

赤い鱗に黒い髪をした男と、青い鱗に白い髪の女と、白い鱗に黒い髪のメイド服の少女という組み合わせだ。

「責任者のショウン・ライアットです。荷物が積み終わりしだい出発しますので、少しお待ちを」

「わかった」

そう言うと、三人は船から少し離れて積み込みを眺めながら、ミィミスと話しはじめた。

チャーター契約の細かいところの確認などだろう。

そのうちに積み込みが完了し、各部のチェックを済ませたのち、

「おまたせしました。どうぞ」

お客を船に招き入れた。

乗客をソファーに座らせると、こちらから指示があるまでは歩き回らないようにとお願いし、操縦室に向かった。

シートに座り、貨物室の扉が閉まっているのを始めとして、全てのチェックを完了させると、管制塔に通信を入れる。

「管制塔。こちら登録ナンバーSEC201103。貨客船『ホワイトカーゴⅡ』。出港許可を求む」

こちらの通信コールに答えたのは、奥さんと仲直りしてからは、またアツアツラブラブになったと噂のコビーだった。

『こちら管制塔。「ホワイトカーゴⅡ」出港を許可する。船が多いからぶつからないように気を付けろ。そういや前にもこんなことがあったな』

「記憶に新しいね。原因も一緒だよ」

『災難だな』

「もう慣れた」

コビーとの雑談を終わらせると、マイクを船内に切り替えた。

『出港許可が出たので出発します』

マイクを船内に切り替えて、出発を報告する。

「エンジン点火。微速前進」

宇宙港の外縁部まで船を進めたのち、超空間跳躍可能な宙域まで第一船速で移動すると、エネルギーチャージをしてから超空間に入ることになるいつもの流れだ。

ただし今回は、大量の船が同じように出発しているため、なかなか壮観だ。

「超空間跳躍の座標軸固定。目標惑星リーシオ。エネルギーチャージ開始」

そして数分でチャージは完了し、

「エネルギーチャージ完了。超空間跳躍開始」

超空間のトンネルをひたすらに進むことになる。

「超空間に侵入。これより自動航行装置に移行する」

オートドライブに後をまかせて客室に入る。

お客の三人は大人しくソファーに座っていてくれた。

酷いお客だと、トイレはまだしも、キッチンに入り込んで酒やら何やらを勝手に飲み食いしている奴がいたりする。

そういうお客には追加料金をいただくことにしている。

とりあえずいろいろと説明をしておこう。

「無事出発しましたので、五日後の昼にはリーシオに着きます」

「そうですか。では五日間よろしくお願いいたします。私はフィナ・ヴァルヴィアと申します」

「私は使用人のマリエラ・カデムです」

青い鱗に白い髪の女と、白い鱗に黒い髪のメイド服の少女は丁寧にお辞儀をしてきた。

「カリス・ヴァルヴィアだ。ところで……」

そして、赤い鱗に黒い髪をした男が肩を組んでくると、

「姉上と使用人に手を出したらただではすまさないからな……」

もの凄い顔で睨み付けてきた。

気持ちはわからんでもないが、なんとなくシスコンくさいのは気のせいじゃないはずだ。

「ご不安なら女になっておきますが？」

「なんだ、お前はシュメール人なのか？」

このお客のシスコンぶりにあきれながらそう提案してみたところ、男は驚いた様子で、俺の首に回した腕を外した。

実は男でいろとか女でいろとか言ってくる連中は時々いる。

セクハラ目的は無視するが、トラウマがあったりする場合や、客が女性だけで、乗組員が男では不安だという場合だ。

事実、男の乗組員が女性客を襲ったという話が過去に何件もあるからだ。

まあ時々、女性客に男の乗組員が襲われたり、男性客に男の乗組員が襲われたり、女性客に女の乗組員が襲われたりすることもある。

もちろんこのお客が、シュメール人差別主義者なら話が変わってくるが。

「それで、どうします？」

「いや、男でいてくれ。お前まで女だと肩身が狭い」

とりあえずシュメール人差別主義者ではなかったらしい。

まあ、ドラコニアル人にはまずいないんだがな。

出発してから、銀河標準時で四時間が経過した。

俺は読んでいた立体映像書籍（ホロ・ブック）を閉じると、操縦室から出ることにした。

お客と自分の夕食を準備するためだ。

一度だけ、トイレに行きがてら、お茶とお茶請け（チョコチップ入りパウンドケーキ）を出しておいたが、彼らはじいちゃんやドラッケン三姉妹（ねえちゃんたち）と同じドラコニアル人。

あれぐらいで胃袋が膨れたりはしないだろうから、夕食は多めに作ったほうがいいだろう。

そう思いながら、お客の三人に話しかける。

「あの……いまから夕食つくりますが、なにか食べられない物とかありますか？」

話す内容は食事のメニューだ。

ドラコニアル人だから大抵は大丈夫だろうが、五日もいるのだからそのあたりは聞いておいたほうがいいだろう。

「それは大丈夫です。あの……キッチンを見せていただいてよろしいですか？」

お客のフィナ嬢が、キッチンを見たいと言い出した。

実はこういう客はたまにいる。

まあ、船のキッチンなんかなかなか入らないだろうし、興味が湧くのもわからなくもない。

「どうぞ」

なので、キッチンに案内する。

「貨客船のキッチンにしては立派なのですね」

「料理は長期フライトの時間潰しになるんですよ」

普通はこのサイズの船なら、簡単な煮炊きができる程度の給湯室みたいなのがあるくらいなのだが、俺は船が広くなったのを幸いに、ちょっとした町の食堂の厨房並みの広さと設備を整えてみたりした。

とはいえ、設置した翌日に、嬉しくなって作りおきなんかを山ほど作って置き場に困ったのだけは反省している。

フィナ嬢は物珍しそうにキッチンを見回している。

その彼女を放置しつつ、夕食作りを開始した。

野菜を切ったり、卵を割ったり、鶏肉を炒めたりしているのを、なぜかフィナ嬢がガン見をしてくる。

ドラコニアル人だから料理に関心があるのはわかるが、ずっと見つめられるとどうしても緊張してしまう。

そうして苦労して作り上げたのは、ドラコニアル人用に、四十センチほどある楕円形の皿に盛り付けた超大盛りサイズの、オムレツをのせるタイプのオムライス、具入りデミグラスソース掛け。

山盛りのエビフライ・オニオンフライ・ポテトフライ。

フレンチドレッシングセパレート（白くない酢と油と塩・胡椒だけのやつ）をかけた、ボウルサイズのコールスローサラダ。

そして作りおきしておいたパンナコッタだ。

「うむ。なかなかいけるな♪　量も我々に合わせてくれているのがありがたい」

カリス氏は育ちがいいのか、ペースは速いが、食べ方は丁寧だ。

「美味しいです！　このデミグラスソースは最高です！　のせられたオムレツがぷるぷるです！　エビのフライもぷりっぷりで素晴らしいです！」

メイドのマリエラ嬢は、オムライスを食べてはエビフライ。オムライスを食べてはオニオンフライ。オムライスを食べてはポテトフライ。そしてコールスローサラダというローテーションを繰り返していた。

「ほれ、ほんほうにおいひひでふ♪　ヒンフルだからこほ、こははひのきかかいほひひさ、ふくっはひほほうへのひょははわかひはふ！（これ、本当に美味しいです♪　シンプルだからこそ、誤魔化しの利かない美味しさ、作った人の腕の良さがわかります！）」

特にフィナ嬢は、口いっぱいにオムライスを頬張り、眼をキラキラさせながらスプーンを口に運んでいた。

反応を見る限り、どうやら三人とも気に入ってくれたようだ。

「姉上……ちゃんと飲み込んでから喋ってください……」

まあ、姉のはしたない姿に、カリス氏は頭を抱えていたが……。


夕食後。

マリエラ嬢が後片付けを手伝うといってきた。

メイドの彼女からすると、なにもしないのは何となく落ち着かないらしく、俺がコックピットにいる間に、船内の掃除もやっていたらしい。

流石にキッチンやバスルームには入らなかったらしいが。

それが終われば、次は風呂だ。

シャワーではなく、バスタブのある晋蓬皇国方式のバスルームだ。

ヴォルダルで泊まった晋蓬皇国風の旅館のバスルームを気に入って設置したのだ。

流石にこれには驚き、女性二人が嬉しそうにしていた。

が、それ以上に気に入っていたのがカリス氏だった。

何しろ外に聞こえるくらいの音で鼻歌を歌っていたくらいだ。

そして銀河標準時(時間)も遅くなると、客室に入ってもらうことになる。

この客室のベッドは俺の部屋に設置してあるのと同じものだ。

普通は主人の二人が部屋に、使用人のマリエラ嬢がソファーが普通だが、カリス氏は自分がソファーに寝て、使用人のマリエラ嬢を部屋で寝かせるらしい。

以前、同じように使用人をつれた金持ちを乗せたことがあるが、かなり横柄でムカつく奴だったのを思い出す。

『シュメール人だったら女の姿でいろ！』と、怒鳴り散らし、女の姿になったらなったでセクハラ三昧。

使用人にも、怒鳴る。物をぶつけるとやりたい放題。

やられた使用人が後ろを向く寸前に物凄い表情をしていたのを覚えている。

それと比較すれば、マリエラ嬢が常ににこやかなので、ヴルヴィア家は良い雇い主ということだ。


こうして、大きな問題が起こることなく。

初日の夜は過ぎていった。

◇フィナ・ヴルヴィア◇
今年も私たちドラコニアル人にとって大きな祭事の一つである、新華祭の季節がやってきました。

このお祭りは、一族郎党が集まり、その年に成人を迎えた者を祝福し、その成長を確かめるお祭りです。

このお祭りの目玉は、その年に成人した者だけで行う武術トーナメントです。

希望制で、出場資格は成人したばかりのドラコニアル人だけです。

私も三十年ほど前に出場し、ベスト四にはいりました。

そしてこのお祭りにはもう一つの目玉があります。

それは『持ち寄り』です。

各個人各家さまざまにお土産(みやげ)を『持ち寄り』その食べ比べをするのです。

食べ比べといっても勝敗を決めるものではないため、毎年同じものを持ってきている方や、逆に毎年違うものを持ってきている方もいます。

私たちも、そのための品物は用意してあります。

今回、いきなりのストライキで大変に焦ってしまいましたが、そのお陰でこのような素晴らしいお料理と料理人に出会うことができたのですから、感謝しなければいけません。

最初のオムライスから始まり、出された食事やお菓子は本当に素晴らしいものばかりでした。

ご本人は普通だと仰(おっしゃ)っていましたが、そんなことはありません。

私たちドラコニアル人の舌をこれだけ満足させる料理がつくれるなら、一流の料理人を名乗っても全く問題ありません。

貨物配達業者をしているのが残念でなりません。

ですが、貨物配達業者をしていたからこそ、いままで誰にもスカウトされていなかったとも言えます。

彼をどうにかして引き抜いて、我が家の御抱え料理人にできないでしょうか?

カリスから聞いた話だと、彼はシュメール人、色仕掛け的なものは通用しません。

どうにかして信頼を得て、検討くらいはしてもらえるようになりたいものです。

外部ファイル01　バレンタイン記念SS　友達(女の子)からのチョコ

ある惑星上のとある都市。

そのとある町の中学校(ジュニアハイスクール)への道を、一組の男女が歩いていた。

「なあ、頼むよ」

「なんで俺に頼むんだよ」

「友達だろ」

制服を着た彼らは、先にある中学校の生徒であり、小学校からの友人であった。

「だからって男の俺にバレンタインの本命チョコを要求するな」

その片方、絹糸のような銀色の長い髪を、校則にしたがってポニーテールにしている女子生徒が、男子のような口調で、横にいる平凡を絵に書いたような男子生徒のお願いを一蹴した。

「今日は女じゃないか！」

「確かににそうだけど、俺が女の姿でお前にチョコを渡したところで、クラスメイト全員が知ってるんだぞ？」

「わかってるよ！　それでも女の子から本命っぽいチョコを貰うっていう欲求を満たしたいんだよ！　心配するな！　チョコは用意してある！」

「お前大丈夫か？」

「大丈夫だ！」

（早いとこ医者に連れていくか……）

男子生徒の鼻息の荒さに、女子生徒は半ば呆れていた。

ちなみに先の男子生徒の、

「今日は女じゃないか！」

という発言は、決して間違いではない。

銀髪の女子生徒、ショウン・ライアットはシュメール人である。

中学に入ってすぐに、性別変更が可能になり、月に一度『月のもの』が始まると、普段の男子の姿から、女子の姿に変わる。

そのときは女子の制服を着用することが、義務づけられているのだ。


そして昼休み。

「ほらほら男共！　チョコをくれてやる！」

クラスでも社交性が高く、人気者でもある女子生徒、エイシャ・デランダが、いわゆる徳用チョコをばら蒔くと、チョコに餓えた男子生徒が彼女の下に集まり、

「「「うおぉぉぉぉぉぉチョコだあぁぁぁぁぁぁ！」」」

阿鼻叫喚（あびきょうかん）の地獄絵図が展開されていた。

もちろん、撒くほうも撒かれるほうも、ノリでやっているだけだが。

「ほら、チョコくれるらしいぞ」

「完全に義理だろあれは」

そのチョコ撒き風景をみながら、ショウンと、その友人であるケビン・コールマンは昼食を食べていた。

そしてエイシャ・デランダがチョコを撒き終わると、ケビンは意気揚々と立ち上がり、ショウンに自分が買ってきたチョコを差し出した。

「さあショウン！　これを俺に渡してくれ！」

ショウンはチョコを受けとると、

「ほれ」

まるでプリントを渡すようにチョコを差し出した。

「ちがーう！　もっと恥ずかしそうにはにかみつつ！」

「こ、こうか？」

ショウンは、ケビンに言われたとおりの表情を浮かべたつもりで差し出してみた。

「違う違う！　そこは、『ケビン君……これ……受け取ってくださいっ！』みたいな感じで手渡してくるんだよ！」

「け……ケビン君。これ受け取ってください」

また言われたとおりの表情と台詞を言うも、ダメ出しをくらう。

先ほどまでチョコをばら蒔いていたエイシャ・デランダの視界に、二人のやり取りが目には入った。

「なにあれ？」

「ケビンのやつが、女の子に本命チョコを渡してもらうのを味わいたいんだっ！　て、たまたま『月のもの』だったショウンに相手役頼んだんだってさ」

「アホじゃん」

クラスメイトたちは、ショウン・ライアットがシュメール人で、基本性別が男子なのを知っている。

ゆえにその光景は、コントのようであった。

それから十五分間。

昼休みが終わる寸前になっても、ショウンはケビンからまだＯＫをもらえていなかった。

「ダメダメダメダメダメ！　もっとこう……ほのかに色気を漂わせる感じで！　なんでできないかなあ！」

ケビンのあまりのダメ出しに、ショウンはついに限界がきた。

演劇部でもないのに、ここまでやらされたあげくの過剰演出は看過できなかった。

なので、チョコの包装をといて中身を出すと、ハート形のミルクチョコレートにホワイトチョコで『Ｉ Ｌｏｖｅ Ｙｏｕ』と書かれたチョコを、

「ふんっ！」

拳で叩き割った。

「あーっ！　俺の本命チョコ！」

自分で購入したチョコが叩き割られて愕然とするケビンに、五百クレジット硬貨くらいのチョコの欠片（かけら）を手に取ったショウンが近寄ってくる。

「お前よくもこんな酷いことを……ってなんだよ⁉」

ケビンは文句を言おうとするが、ショウンに睨み付けられ、壁に追い詰められた。

ケビンを追い詰めたショウンは、手に持ったそのチョコを口にくわえた。

「ほら。たへろよ」

「え？」

「くひ開けろ」

ショウン・ライアットはシュメール人であり、基本性別は男子である。

しかし、シュメール人は男女どちらの性別も選べるため、基本性別が同一であったとしても、恋愛感情が発生すると、世間一般にも知られている。

ゆえに、普段から仲良くしていたショウン・ライアットが、密かにケビン・コールマンに恋愛感情を抱いていたとしても不思議ではない。

その突然の壁ドンとチョコの口渡しに、クラスメイトの視線が集中する。

（マジか？）

（だっ大胆すぎますっ！）

（ケビン、後で殺す……）


ケビン・コールマンは、今現在完璧な美少女である友人の、チョコをくわえた唇に魅了されていた。

（マジか……。ショウンの奴はシュメール人。シュメール人は恋愛感情を抱いた相手と番になれる性別を選ぶ！　そして今のコイツは間違いなく美少女！　だったら……いいんだよな？）

ケビンが口を開け、眼を閉じて近づくと、くわえていたチョコを左手で掴んだ。ショウンは右手でケビンの下あご、歯のある唇のうえに親指をあてながら下あごを掴み、くわえていたチョコを左手で掴んだ。

「調子にのるなよケビン？　何度も何度も下らねえことやらせやがって。まだ続けるつもりなうえに、詫びも入れないつもりなら、このまま圧迫して歯を折る」

右手に力を込めながら、冷たい視線をケビンに向ける。

格闘技やCQCを訓練している友人が怒ったとき、本気でおっかないのをケビンは知っている。

「ひゅいまへんれひた！　もうひゅうひょうひまふ！」

ケビンが、本気で謝罪すると、左手のチョコをケビンの口に指で押し込んだ。

「今度おごれよ」

そのショウンの言葉に、ケビンは思わず頷いた。

そうして壁ドンからケビンを解放したショウンに、

「なあライアット。俺にもさっきのをやってくれ！」

「ずるいぞ！　俺が先だ！」

「指はっ！　指はぺろぺろしていいのか？」

クラスメイトの男子が群がってきた。

じつは先ほどの行動は、ショウン・ライアットが姉と慕う、サラフィニア・ドラッケン嬢が、男性を圧倒するときに使用する手段の一つであったのだが、思春期の青少年にとっては思いの外、刺激が強かったらしい。

「なんなんだいきなり⁉」

男子生徒たちは、見た目美少女のショウンにチョコを食べさせてもらおうと必死になっていた。

そんななか、一人の女子生徒がショウンに話しかけてきた。

「ねえ、ライアット君……」

「あ、委員長！　助けてくれ！」

これ幸いと、ショウンは真面目で誠実な委員長に助けを求めた。

が、彼女の発した言葉は信じられないものであった。

「私にも今のをしてほしいのっ！　なんなら歯も折っていいから！」

「「「「「え？」」」」」

その彼女の言葉を聞いた、その場にいたクラスメイト全員が言葉を失った。

「いやいやいやいやいや！　委員長なにいってるの！」

「お願い！　前々からずっとお近づきになりたかったの！　お姉様！」

「同い年だから！」

ショウンの手を握って懇願してくる委員長の爆弾発言に、全員が困惑した。


後日。

ケビンはショウンを伴ってファミレスに来ていた。

「なんで男の姿なんだよ！」

「『月のもの』は終わったからな」

私服姿のショウンは、ケビンの怒りをよそに、一番高いステーキのセットを食べている。

「俺がおごるのを承知したのは女のほうだ！　今すぐ女になれ！」

「いやだね」

歯ぎしりするケビンをからかいながら、ショウンはステーキを口に運んでいくのだった。

ファイル05　祭事にはトラブルが起こりがち

◇ショウン・ライアット◇

惑星オルランゲアを出発してから五日。


その間、どういうつもりかは知らないが、フィナ嬢とメイドが料理を教えてほしいといってきた。

まあ、暇潰しにはなるし、作りおきを増やしておくためにも引き受けることにし、五日間でかなりの量の作りおきの作製や、料理を教えることができた。

それからは一切の問題なく、スムーズに惑星リーシオに到着した。

惑星リーシオの宇宙港は、まだ本番前だというのに祭一色だった。

至るところに、祭事のときに飾る赤地に黄色の文字を書いた旗があり、三角の旗がついた紐が張りめぐらされたり、なぜか真っ赤な絨毯（じゅうたん）が敷かれていたりと、周りじゅう赤と黄色ばかりだった。

それでも宇宙港としては機能しており、到着後すぐに、荷物は回収されていった。

そうして、カリス氏から依頼証明をもらうと、俺の仕事の一つが終わった。

あとはカウンターにチェックに行き、報酬を受け取るだけだ。


しかし、そこである事件が起こった。

それを予知できなかったのは、俺の油断に他ならない。

「ショウン～♪」

「サラ姉ちゃん？」

そう。

ドラコニアル人の主星でのお祭りとなれば、ドラッケン一家がいないはずはないのだ。

「スターフライト社のストライキの情報が入った時点で来ると思ってたわ～♪　あ、お爺様とマヤとティナも来ているけど、いまはお仕事中」

「つーかなんで貨物配達受付にいるんだよ？」

惑星リーシオに来ているのはともかく、貨物配達受付に来ているのは予測ができなかった。

「ショウンに会いたくて停泊地に行こうとしたら、搬入で忙しいから入るなって言われたからよ」

不満そうな表情を浮かべるが、それがいちいち無駄に色っぽいのが悩ましいところだ。

「いまの停泊地は戦場なんだから無関係の人間が入れるわけないだろ。それで何の用？」

「なによ～お姉ちゃんがせっかく会いに来たのに～」

普段から忙しいサラ姉ちゃんがやってくるから、なにか大変な事態でも起こったかと思ったが、そういうことでもないらしい。

「とりあえず先に事務処理をさせてくれ」

これをやっておかないと、雀の涙ほどとはいえ、報酬が貰えない。

カウンターで終了の報告をし、乗客からの依頼証明を渡すと、ようやく報酬が支払われる。

代替輸送より、客を乗せた分の方が高額なのは気にしてはいけない。

さらには、全ての代替輸送は終了したとの報告が告げられ、ようやく安堵のため息がつけるようになった。

そうしていざ船に戻ろうとすると、サラ姉ちゃんが腕を組んできた。

「恥ずかしいからやめてくれよ」

「何よ～こんなに美人なお姉ちゃんと腕が組めてるのにぃ♪」

「俺は針のむしろだよ」

サラ姉ちゃんに憧れたり、お近づきになりたいと思っている連中はいっぱいいる。

特にドラコニアル人にはそういう連中が多い。

そのドラコニアル人が多い惑星リーシオで、俺を赤ん坊の頃から知っているとはいえ、ヒューマノイドの俺がサラ姉ちゃんと腕を組んでいたりすると、妬みの視線が飛んでくるわけだ。

そんなことは気にも留めず、サラ姉ちゃんは腕を絡めたままだ。

「このあとどうするの？」

「代替輸送の荷物はもうないみたいだから、一晩泊まってから手近な惑星に行って仕事を受けるよ」

「新華祭を見ていけばいいのに……。じゃあせめて今晩はドラッケン本家（うち）に泊まりなさいよ」

俺の返答に不満そうな表情を浮かべる。

「ドラッケンのお屋敷かあ、五年前に行ったきりだし……わかった。お邪魔するよ」

他種族でありながらも、家族同然に接してくれるドラッケンの人たちには感謝してもしきれない。

「じゃあ決まりね！　お婆様たち喜ぶわ！」

サラ姉ちゃんは嬉しそうに、眩しくなるくらいの大輪の笑みを浮かべた。


宇宙港から惑星上に降りるための軌道エレベーターに向かったところ、

「ライアットさん！」

「あ、ヴルヴィアさん」

フィナ・ヴルヴィアを始めとした一向に出くわした。

まあ、新華祭の為に戻ってきたのだから、鉢合わせしてもおかしいことではない。

「あら、フィナじゃない！　カリスも！」

「サラさん！　お久しぶりです！」

「ど、どうも……」

だが、サラ姉ちゃんと知り合いらしいというのは初耳だ。

というかそんな話をお客さんとするわけがない。

さらに、カリス氏は知り合いというだけではないらしい。

「知り合いだったの？」

「学生時代からの友人よ。でもなんでショウンがフィナたちを知っているの」

「さっき乗せてきたんだよ」

驚いているのは向こうも同じらしい。

フィナ嬢は、ちらちらと俺を見ながら、サラ姉ちゃんに質問をしていく。

「サラさんの知り合いなの？」

「ショウンの子供のころから知ってるわ」

「ドラッケンの一家なの？」

「本当はなってほしいんだけど、貨物配達業者を続けるんだって」

「じゃあフリーなんだ」

そしていきなり俺の手を取り、

「ショウンさん。ヴルヴィア一家、いえ、私の専属料理人になってくださいませんか？」

と、言ってきたので、

「お断りします」

「間髪を容れずに？」

即座にお断りした。

その俺の容赦ない返答に、フィナ嬢は唖然としていた。

「無駄よ。私たちが何年勧誘しても断られてるし、リキュキエル・エンタープライズのお嬢ちゃんからもアプローチされてるけど、それも断ってるし」

俺が中学校に通っていたころから勧誘していたサラ姉ちゃんが、諦めの表情でフィナ嬢に説明する。

「俺の料理は運航時の時間潰し兼単なる趣味。本業は貨物配達業者なの」

「残念です……あのオムライスや卵焼きや煮卵がもう食べられないなんて……」

「諦めなさい。私たちだって滅多に食べられないんだから。でもまあ。私はお願いしたら作って貰えるけどね♪」

「羨ましいです……」

俺の発言は無視して、二人でいろいろ盛り上がってしまっていた。

その様子を呆れながら見ていた俺を、カリス氏が睨み付けてきた。

あれは、自分の姉に近づくのを警戒しているのか、それとも……な、感じだ。

その状況がしばらく続いたあと、ようやく別れることになった。

ドラッケン一族の本拠地ともいえるこの屋敷は、下手な政府庁舎よりも巨大だ。

それでいて、金持ちにありがちなごてごてとした雰囲気はなく、どちらかと言えば、砦か要塞のような質実剛健な雰囲気だ。

実際のところ、そういう用途も備えてあるのだろう。

子供のころは、両親・祖父と一緒に何度もやって来ていたものだが、ここ五年ほどは足を向けていなかった。

「変わってないな……」

久しぶりに見たドラッケン本宅の内装に、懐かしさを感じていたところに、近づいてくる人影があった。

「よく来たなショウン。お前の爺さんの葬儀のとき以来か」

ドラッケングループ現・総帥エドガー・ドラッケンは、ドラコニアル人のなかでも珍しい銀の鱗を持っているダンディなイケオジだ。

「お義父様やサラたちに聞いてはいたけれど、元気そうでよかったわ。身体のほうは大丈夫？　お見舞いに行けなくてごめんなさいね」

そしてその妻で副総帥のリチェリーナ・ドラッケンはさらに珍しい金の鱗を持っていて、三姉妹の母親らしい美貌も備えている。

「エドガーおじさん、リチェリーナさん。お久しぶりです」

夫婦共々やり手の経営者であり、リチェリーナさんにいたっては、防衛軍の少佐で訓練教官という肩書きの持ち主だ。

ちなみに『リチェリーナおばさん』と呼ぶと、ものすごい笑顔で『OHANASHI』をしてくる。

まあ実際のところは、予備知識がなければ、娘三人と並んでいると、四人姉妹に見えてしまうほどだ。

そこに、サラ姉ちゃんが車椅子を押してやってきた。

その車椅子に乗っていたのは、

「久しぶりねショウン」

「ばあちゃん！」

俺は思わず駆け寄ってハグをしてしまった。

「元気そうでよかったわ。入院したときに立体映像電話で話して以来ね」

「ばあちゃんも元気そうで嬉しいよ♪」

ばあちゃんことテレジア・ドラッケンは、黄色の鱗を持った、実に品の良い、年齢を感じさせない老婦人、いわゆる美婆というやつだ。

脚を悪くしてからは、自宅で悠々自適な生活をしているが、時々銀行や証券ファンドの相談役をやっているらしい。

本当はじいちゃんと一緒に船に乗りたいのかもしれない。

「入院したときに直接お見舞いに行きたかったのだけど、クロイド(あの人)ったら『お前の脚が余計悪くなったら、ショウンが悲しむぞ』って行かせてくれなかったのよ。この車椅子だって必要ないのに、どうしても乗れって聞かなくて……」

ばあちゃんは本気でため息をついているが、じいちゃんとはいまだにラブラブだ。

そこに、サラ姉ちゃんがさっと入ってきて、

「お婆様。今日はショウンが夕食を振る舞ってくれるそうですよ」

自分の願望をさらっとばあちゃんに報告した。

その報告を聞いたばあちゃんは、一気に眩しいまでの笑みを浮かべた。

「あら♪　それなら芙蓉蛋(ふようたん)(中華風オムレツ)がいいわ♪　蟹(かに)と海老とお肉とお野菜と……あとはなにがいいかしら?」

元々作るつもりではあったが、こんなに喜んでくれるなら、暇潰し程度の腕ではあるが、ふるい

がいがあるというものだ。

その日の夕食は、実に作るのが大変だったが、実に楽しいものだった。

なぜかお客さんとして、フィナとカリス（おまけにマリエラ）も参加していたが……。


そしてその翌朝。

『大変です！「持ち寄り」の品が失くなってしまいました！』

というとんでもない一報が飛び込んできたのは、ばあちゃんリクエストのだし巻き玉子を、目の前で作っていたときだった。

『本社の倉庫に置いてあった惑星ヤルマドの化粧餅が、今朝確認したところ、全て跡形もなく消えてしまっていて……』

「保管場所を間違えたとかではないのだな？」

『はい。間違いありません！』

立体映像電話で、会社の人から連絡を受けたエドガーおじさんは、かなり焦った様子で頭を抱えていた。

『持ち寄り』は、各個人各家さまざまなお土産を『持ち寄り』、その食べ比べをするのというのが主な趣旨だ。

しかし本当の趣旨は、持ち寄ったものを振る舞うことで『今年も仲良くしましょうね』という意思表示であり、これを用意しないということは、『お前たちと仲良くなるつもりはない！』と言っているのと同じことになるらしい。

「とにかく品物を捜せ。それと、従業員全員の所在を確認して集合させろ！　だが他の家に気取られるなよ！　警察にもその辺りを説明しておいてくれ。私もすぐにそちらへ行く」

「お父様、私も」

エドガーおじさんは報告して来た社員の人に指示をすると、朝食もそこそこに屋敷を出ていき、サラ姉ちゃんもそれに続いた。

「ようし！　薄汚いこそ泥野郎を必ず捜しだしてふん縛ってやる！」

ティナ姉ちゃんは、残りの朝食を一気に平らげると、汎用端末を取り出して連絡を始めながら出ていってしまった。

そしてその場に残ったのは、じいちゃんとばあちゃんとリチェリーナさんとマヤ姉ちゃんと俺の五人だった。

本音を言えば、俺もすぐにでも捜査に参加したかったが、ばあちゃんのだし巻き玉子を仕上げる方が先決だ。

「はい。リクエストのだし巻き玉子」

「まあ、美味しそう♪」

もちろんドラコニアル人用の大振りサイズだ。

「ショウンちゃん！　次、私のね！」

「お母様ずるい！　次は私！」

リチェリーナさんとマヤ姉ちゃんが、目をキラキラさせながら、卵焼き用の四角くて大きめのフライパンを凝視している。

ちなみに、会社経営から一線を退いているじいちゃんとばあちゃんはともかく、リチェリーナさんとマヤ姉ちゃんがのんびりしているのは、きちんと自分の役割をわかっているからだ。

エドガーおじさん・サラ姉ちゃん・ティナ姉ちゃんが攻撃部隊とすると、リチェリーナさんとマヤ姉ちゃんは防衛部隊。

混乱の隙を突かれないために、しっかりと本丸に陣取っているのだ。

俺は卵を割りながら、じいちゃんに声をかける。

「なあじいちゃん。前みたいに時間稼ぎにしかならないと思うけど、俺の作り置きでいいなら提供するよ。追加も作るし」

実は六年ほど前、俺のじいさん＝祖父が存命だった頃にもこの祭を見物に来たことがある。

そのときにも同じようなトラブルがあった。

今回のような窃盗ではなく、純粋な向こうの配達遅延だったが。

そのときは俺が作っていた煮卵を『持ち寄り』にして、本命が届くまでの時間稼ぎをしたのだ。

「……そうじゃな。頼めるかショウン」

「任せといてくれ」

そう言いながら、俺は卵の入ったボウルに出汁を入れ、卵を攪拌し始めた。

朝食が終わったら、食材集め開始だ！

◇サラフィニア・ドラッケン◇

今回の事件……。

実行犯はまだわからないけれど、黒幕は予測できる。

あいつだ。

歴史ある名家ということに胡座(あぐら)をかき、横暴と傲慢を繰り返し、マフィア同然、いやマフィア以下のカスに成り下がったションクス家の連中に間違いない。

その当主であるポング・ションクスは、歴代のションクス家当主のなかでも、稀代(きだい)の無能といわれている。

先代まではちゃんと商取引をしていた相手に対して、暴力による一方的な搾取を実行する。

自分たちの拠点がある星の住人から、保護料と称する略奪を行い、払わなければ暴力を差し向ける。

ションクス家の側にいた一家に対して、忠誠の証を見せろといって人質（若い女性）を無理矢理取っていったりと、自分の足下をないがしろにする行為を平然と行ったことが、稀代の無能といわれている原因だ。

そして奴は、私や妹たちに対して、『自分の情婦(おんな)になれ』と、ぬかしてきたのだ。

あのとき、私が顔にビンタ・マヤが脛を蹴り・ティナが腹に前蹴りを食らわせたけれど、それだけで済まさずに、手足の二、三本へし折っておけば良かった。

とはいえ証拠がない。

まずは監視カメラの映像からかしらね……。

なんとしても『持ち寄り』の品物を取り返さないと。

でも……以前のこともあるし、ちょっと期待したいわね♪

◇ティナロッサ・ドラッケン◇

『持ち寄り』の化粧餅が失くなってから二十時間。

俺とその部下たちは、ようやく実行犯を追い込んだ。

実行犯はうちの警備員の一人だった。

「てめえ……よくも裏切ってくれたなあ！」

路地裏に、部下と一緒に犯人を追い詰め、顔面を思い切りぶん殴ってやる。

犯人はガシャン！　と金網にぶつかって倒れこんだ。

現場の話だと、真面目で嫁バカ・娘バカって話だった。

勤務状態も良好、ふざけた上役もいない。

そんな奴がどうしてこんな真似をしたのか、それが不思議だった。

そいつは、ぐったりとしたまま俺たちを見つめ、

「し……仕方なかったんだ……」

そう答えた。

「何が仕方ないってんだよ！」

その答えに腹が立った俺は、そいつの襟首を掴み上げた。

「家族を人質に取られたんだ！」

「！」

男の悲鳴にも似た言葉に、俺は襟首を掴んだ手を離した。

「協力しないと家族を殺す。帰してやるのは新華祭が終わってからだと……」

「証拠は？」

「これです……」

男の汎用端末には、家族である妻と娘が縛られている画像があった。

「嘘や狂言じゃあねえみてえだな。誰に命令された？」

「直接には黒いスーツのヒューマンの男だった。でも間違いなくションクスの連中だ。そいつが乗り込んだ車に見覚えがあったんだ」

それを聞いた瞬間、俺は頭に血が上るのがわかった。

以前に姉二人と買い物に行ったときに絡んできたクソ野郎の面が浮かんできたからだ。

俺たち三人の前に立ちはだかると開口一番、

『お前たちがドラッケンの三姉妹か。よし。全員俺の情婦にしてやる。この俺の情婦になれるんだ。ありがたいと思え。ほら、ついてこい。一人ずつ可愛がってやる』

と、ぬかしやがったので、
サラ姉ちゃんが顔にビンタ。

マヤ姉ちゃんが脛に爪先蹴り。

俺は腹に前蹴りを食らわせてやった。

今にして思えば、あの時尻尾の四、五本引きちぎってやればよかったぜ！

ともかく、こうなったらこの家族が監禁されているところを見つけ出さねえとな！

せっかくあのクソ野郎をムショにぶちこめるチャンスなんだからな！

◇ショウン・ライアット◇

昨日一日中煮卵を作り続けたせいで、ちゃんと風呂に入って、服も着替えたのに、身体に醤油ダレの匂いが染み付いているような気がする。

さらには、今朝方『月のもの』が来てしまったため、リチェリーナさんに着せ替え人形にされてしまい、たっぷりと体力と気力を削られてしまった。

フリフリはもう勘弁してほしい……。

その疲労困憊（ひろうこんぱい）の状態でも、車に載せて持ってきた煮卵の入った業務用の保存容器を、浮遊式台車（ホバー・カート）に載せ、『持ち寄り』の会場に持って行かないといけないのはなかなかつらい。

もちろん一人ではなく、マヤ姉ちゃんにリチェリーナさんに社員さん数名が手伝ってくれている。

その『持ち寄り』、正確には『新華祭・武道大会前日の祝宴』の会場は『宝明殿（ほうみょうでん）』といい、宇宙船の販売会の会場だった六角形の庭のコロニー一つ分くらいの広さがある。

その大広間に各家毎にスペースが与えられ、『持ち寄り』の品を披露する。

このやり方は、先だって六角形の庭で、宇宙船の即売会と並行して開催されていた、同人誌の即売会のやり方をまねたらしい。

それ以前は好き勝手に広げていたため、いろいろぐちゃぐちゃになっていたという。

ちなみに、この会場に全てのドラコニアル人が集まるわけではなく、惑星リーシオの代表たる評議員を中心にした、政治・経済に関わる一家・一族のみが、この会場に集まっている。

元々は、親戚や職場・趣味の仲間なんかで集まって、『持ち寄り』で宴会をしていたというだけで、品物コンテストや、社交の意思表示なんかになったのは近年（といっても二千五百年前）のことらしい。

ともかく、化粧餅が見つかるまでは、俺が作った『間に合わせ』ばかりで包装ができない。

なので、リサイクルできる使い捨てのお椀や箸なんかを準備してもらった。

そこに、いろいろ調査を終わらせてきたらしい、サラ姉ちゃんがやってきた。

「サラ、成果は？」

「黒幕も『持ち寄り』の品の所在も判明したけど、決定的な証拠がないわ」

「そう……踏み込んで奪還してもいいけど、それじゃあこっちが不利になるわね」

「一応ティナの部隊には連絡しておいたわ」

そして、リチェリーナさんとの会話が妙に物騒なのはスルーしておいた。

そのとき、

「やあ！　これはこれは！　姉妹揃ってこの俺にプレゼントをくれたサラフィニア・ドラッケン

じゃないか！」

緑色の鱗に茶髪に黒い眼、趣味の悪いスーツに黒服の取り巻きを連れた若いドラコニアル人の男が大声を出しながら、こっちに近づいて来た。

そいつを見た、俺以外の全員が、まるでキッチンに出てくる黒いアイツを見るような目付きに変わった。

サラ姉ちゃんはつかつかと前に出ると、

「貴方が私たち姉妹に『三人揃って情婦にしてやる』とか言ってきたからでしょう？　それともなに？　またプレゼントが欲しいのかしら？」

妖艶な笑みを浮かべながらも仁王立ちをし、相手を圧倒する。

相手の男は、サラ姉ちゃんの気迫に対して、怯えたような表情になった。

俺や家族の前ではだらしない姿を見せることが多いサラ姉ちゃんだが、これこそが世間の人たちが知っている『魔眼の女帝』の姿だ。

そしてその迫力に、男は完全に圧倒されていた。

「こっ……この俺の情婦（恋人）になれるんだぞ？　何で断るんだ！」

「馬鹿でしょあなた。この世の中のどこにそんな女がいると思ってるのよ！　だいたい……」

サラ姉ちゃんは、男のネクタイを掴み取り、詰め寄ってまくし立てはじめた。

取り巻きも、サラ姉ちゃんの迫力に手出しができないでいた。

そして俺は、ようやくあの男について、マヤ姉ちゃんに尋ねることができた。

「マヤ姉ちゃん……。なに？　あの馬鹿」

「あれはポング・ションクス。ドラコニアル人の中でも有名なションクス家の現・当主で、性格は見たとおりのクズよ」

マヤ姉ちゃんの口調からも、嫌っているのがよくわかる。

「よくあれで会社の経営ができるな……」

はっきりいってリオアースのお嬢様のほうが格上だな。

俺がこいつを見たことすらなかったのは、運が良かったのだろう。

「まっ……まあ、今日は祭だっ！　俺も『持ち寄り』を持ってきたんだっ！」

ポングは必死な形相でサラ姉ちゃんから離れた。

あいつ、サラ姉ちゃんに言い負かされたな。

涙目になってやがる。

そしてビビりつつも、取り巻きになにかを持ってくるように命令する。

そうして取り巻きが持ってきたのは、

「見ろ！　惑星ヤルマドの化粧餅だ！　たしかそちらも同じものを用意していたんじゃなかったかな？」

ドラッケン一家が用意した化粧餅の箱だった。

「んー？　そちらのブースには化粧餅がないみたいだなぁ？　やれやれ！　どうやらドラッケン一族は周りの連中と仲良くやっていくつもりはないらしいな！」

わざと大声を出し、周りに聞こえるようにしている。

これが目的だったとしたら、相当なアホにしか見えない。

しかし。

「残念だけど。ちゃんと用意してあるわよ」

サラ姉ちゃんはドヤ顔をしながら、俺が作った煮卵を載せたお椀を差し出した。

「そっそれはっ！」

「そう。六年前に出して以降、度々に問い合わせがあった『宝珠煮卵(ほうぎょくにたまご)』よ！」

それを見た瞬間、ポングはもちろん、周りの人たちも動きを止めた。

「うっ……嘘だ！　あのあと共和国中の煮卵を取り寄せたが、全て違っていたぞ！」

「じゃあ食べてみなさい」

サラ姉ちゃんが差し出したお椀の煮卵を、ポングと、周りにいた人にも食べさせる。

そしてしばらく咀嚼(そしゃく)音が響いたあと、

「旨い……あのとき食べたあの旨さ……これは間違いなく『宝珠煮卵』だ！」

「確かにこれは間違いない！　しかもさらに味が洗練されている！」

「そんな……作れるやつを見つけて抱え込みたくて、共和国中を捜し回っても見つけられなかったのに……」

「嘘だ……嘘だ……」

全員が、称賛と驚愕と感激の言葉をのべていたが、ポングだけが事態を把握できないでいた。

食べた人たちが感涙している横で、俺は顔をひきつらせていた。

「なあ……マヤ姉ちゃん。何で俺が作った煮卵に、『宝珠煮卵』なんてご大層な名前がついてるんだ？」

「前に今回みたいな状況になったときに作ってもらったじゃない？　その翌年に『去年の煮卵は出さないのか？』って問い詰められたの。それで、今年はありませんっていったら、『あの煮卵は宝だ！』とか『あの美しい珠を寄越せ！』とか言われちゃって……あとは自然発生的に『宝珠煮卵』って名前がついてたの……」

ばつが悪そうなマヤ姉ちゃんの説明を聞いて、頭が痛くなってきた。

なんでたかだか航海の時間潰しに作った煮卵に、お料理対決漫画に出てくるような恥ずかしい名前がついてるんだよ！

道理で、航海途中、フィナたちヴルヴィア一行に、夕食のおかずの一品に煮卵を出したときに、異様におかわりを要求されたわけだ。

「でもそれなら、なんでヴルヴィアさん一行はそのことを指摘しなかったんだ？」

「多分だけど、『宝珠煮卵』だとは思っていなかったんじゃないかな？　ショウンはシュメール人だし、あんなに美味しい煮卵を作るのはドラコニアル人だろうって思われていたから。『顔』が似てる場合もあるしね」

だが、俺がドラッケン一家と繋がりがあるとわかったからには、もうわかってはいるのだろう。

しかし、『顔』ってのは何なんだ？　以前に会ったことがあるのか？

そうやって俺が頭を抱えていると、急に地響きがした。

「マダムドラッケン！　これはほんのご挨拶！　受け取ってくださいっ！」

「いえいえ！　是非とも私のを先に受け取っていただきたい！」

「ええいっ！　邪魔をするな！　私が先だ！」

「ちょっと！　私のほうが早かったわよ！」

スペースの前にとてつもない数の人たちが押し寄せ、俺が作った『宝珠煮卵』を手にいれるべく、自分たちの『持ち寄り』を、リチェリーナさんに押し付け、サラ姉ちゃんから煮卵の入ったお椀を受け取っていく。

「あんたたちじゃまよ！」

「「「ぐあっ！」」」

その集団のなかの、体格の良いおばちゃんの体当たりと尻尾のコンボで、ポングは取り巻きと一緒に吹き飛ばされてしまった。

それからはまさに修羅場だった。

煮卵を出しても出しても行列が途切れることはなく、相手の『持ち寄り』の品が増えるにつれ、煮卵はどんどん減っていく。

途中でエドガーおじさんが、社員さんたちとじいちゃん夫妻を連れてきてくれたお陰で、かなり楽にはなった。

そんな感じで、『持ち寄り』の交換を始めてから二時間。

ついに煮卵がなくなったのだった。

交換できなかった人もいたわけだが、その辺りは諦めてもらった。

「じゃあ私は宴会用の仕出しを持ってくる」

「頼んだわよ、あなた」

エドガーおじさんは、自分はそこまで疲れてはいないからと、部下の人を引き連れて駐車場に向かった。

「そういえば、ここで宴会をするんだっけ」

この会場で宴会をするというのは奇妙なことだが、これも風習らしい。

「ええ、『持ち寄り』の品をありがたくいただいていますと示すためにね。ところでショウン。私たち用の煮卵は確保してあるんでしょうね？」

その説明をマヤ姉ちゃんがしてくれるが、それよりも自分たち用の煮卵が気になっているらしい。

「ちゃんと残してるよ。というか、最初に作ったやつをキープしていったのはマヤ姉ちゃんじゃないか」

「そうだった」

そんな他愛のない会話をしていたところに、不意に人影がやってきた。

「それはつまり……『宝珠煮卵』の作製者はそのヒューマンってことか！　道理で捜しても見つからないわけだ。あんなに旨いものを作るのがヒューマンなわけがないと思っていたからな！　よし！　ヒューマンの女！　お前は今日から俺の情婦だ！　『宝珠煮卵』を売り出してがっぽり荒稼ぎだ！」

その人影、ポング・ションクスは、狂喜と色欲に満ちた表情で襲いかかってきた。

ドラコニアル人特有の優れた身体能力を使い、恐らく俺の首を掴み取り、折(殺)られたくなければ契約書にサインをしろとでも言うのだろう。

しかし、その動きは素人丸出しだった。

俺はポングの腕を掴み取り、そのまま身体を回転させてぶん投げる、いわゆる背負い投げで床にたたきつけると、そのまま腕を取って関節を極(き)め、足でポングの首を踏む。

これなら、相手がドラコニアル人といえど、首の骨くらいは折れるだろう。

そうしてすぐに取り巻きを睨み付けると、やっぱり懐から銃を、恐らく光線銃、を取り出そうとしていた。

因みにこの会場は武器の持ち込みは禁止だ。

「動くな！　動いたらこいつの首をへし折る」

俺は足に力を入れ、掴んでいるポングの腕を軋(きし)ませる。

「動くなっ！　お前らっ！　絶対に動くなよっ！」

ポングは情けない声を出しながら、取り巻きに命令する。

命令通り、取り巻きたちは動きを止める。

「そのまま警官が来るまでおとなしくしているんだな」

しかし、取り巻きたちはポングの命令を無視して銃を取り出すと、

「知るか！　そんな奴助ける義理なんかあるわけねえだろうが！」

こちらに向けて発砲してきた。

俺はすぐに飛び退いたが、床に転がされていたポングはよけられず、俺につかまれていた腕に、レーザーが当たってしまった。

「ぎゃあぁぁぁぁぁぁぁぁぁぁっ！　痛えぇぇぇぇぇぇぇぇぇぇぇぇぇぇぇっ！」

ポングはもの凄い悲鳴をあげる。

とはいえ、傷のほうはかすり傷ていどで、命に別状はなさそうだ。

同時に、ポングは人質にならないことがわかった。

幸い、俺がいたところが建物の壁に近いところだったこともあってか、誰も被弾することはなかった。

それを見た周りの人たちは、すぐさまその場から飛び退き、会場の外へ逃げ出していった。

もちろん姉ちゃんたちも、じいちゃん夫妻やリチェリーナさん、社員さんたちを連れて、会場の外へ向かってくれた。

とにかく接近して、叩きのめすのが先決。

そのために移動しようとしたとき、

「たっ助けてくれっ！　金ならいくらでも出すっ！」

ポングが、よりによって俺の腰にしがみついてきやがった。

「離せ！　助けてほしければ離せ！」

「嫌だぁ！　離れないでくれぇっ！」

なんとかして引き剥がそうとするが、ドラコニアル人の怪力でなかなか振りほどけない。

それを見た取り巻きたちは、にんまりと笑いながら俺に視線を向けてくる。

そして連中が銃を俺に向けた瞬間、取り巻きの一人がうめき声をあげて床に倒れた。

「よう！　待たせたな！　糞野郎の逮捕状発行に時間かかってよ！」

その倒れた取り巻きの頭を踏みつけたのは、愛用の長い電磁警棒（スタンスティック）を構えたティナ姉ちゃんだった。

取り巻きたちはそちらに銃を向けようとするが、いつのまにか接近していた警官隊によって、床に倒されて拘束されていった。

もちろんポングの奴も、元凶として拘束されるわけだが、

「離せ！　おい警官！　俺はションクス家の当主だぞ！　このヒューマンの女が俺をいきなり投げ飛ばしたんだ！　この俺がせっかく情婦にしてやろうと思ったのに！　それとそいつらが勝手に銃を発砲したんだ！　俺はなにもしていない！」

拘束されたままの癖に、かなり強気な台詞を吐いている。

しかも、助けてくれとすがり付いた相手すら罵倒するのかこいつ。

取り巻きの行動はともかく、俺が投げ飛ばしたのは正当防衛だ。

すると、茶色の鱗を持ったドラコニアル人の男が近寄ってきた。

そして汎用端末から投影された立体映像書類（ホロペーパー）を見せつける。

「ポング・ションクス。お前には七百六十五の脱税と、五百七十三の恐喝と、四百一の窃盗と、百六十八の誘拐と、六百三十四の強盗と、八百十の性的暴行と、数えるのもバカらしくなるくらいの暴行傷害と殺人の主犯として逮捕状が出ている」

その男は自分の鱗の色と同じようなよれよれのトレンチコートを着ていた。

しかしながらその眼光は鋭く、ただ者ではない雰囲気を出していた。

「知らん！　全部濡れ衣だ！」

「残念だが全て証拠は揃っている。それにお前のお友達や親しいおじさんたちも全て捕縛済みだ。残念だったな。もうお前の罪をもみ消してくれる奴はいない」

その言葉を聞いたポングは、真っ青な顔をしてその場に崩れ落ちた。

茶色の鱗の男は、ポングの腕に手錠をかけると、

「ご協力感謝します。では」

敬礼をし、迅速に会場から去っていった。

連行されていくポングたちを見ながら、ティナ姉ちゃんがぼそりと呟いた。

「これで、ションクス家は終わりだな……」

「助かったよティナ姉ちゃん」

俺は軽くほこりをはたきながら、ティナ姉ちゃんにお礼をいった。

さすがにあの状況で銃を向けられては、手も足も出せなかった。

もし撃たれていたら、怪我どころではなかっただろう。

「じゃあお礼に卵焼き五本な♪」

「……はいはい。ネギ入りでも挽(ひ)き肉入りでも小海老入りでも鰻(うなぎ)入りでも、何でも作ってあげるよ」

「よっし！　逮捕状貰うときに、鬱陶しい親父どもの長話を我慢したかいがあったぜ！　あ、一つはプレーンにしろよ！」

　ティナ姉ちゃんのその嬉しそうな笑顔に、今回の大規模代替輸送依頼を引き起こしたスターフライト社に、ちょっぴり感謝をしたのは秘密にしておこう。

◇茶色の鱗の男◇

「もしもし。私です。ポング・ションクス、及び関係者・協力者の全員の逮捕に成功しました」

『……はい。ありがとうございます。これでションクス家は壊滅。私たちにとっての害は排除できましたね』

「長い間はびこっていましたからな。あの連中は……」

『今回のことでいろんなところにご迷惑をかけてしまって……』

「あなたが謝ることはありません。怠惰を咎められるべきはＧＣＰＯ(我々)です。今回の成果は地元警察(そちら)

による地道な捜査の賜物ですよ」

『……いえいえ。私はお飾りみたいなものですから……』

「ともかく、これで心置きなく新華祭が楽しめますな」

『はい。それに今回は良いこともありましたしね。本当に偶然でしたが』

「『宝珠煮卵』ですかな？　作製者はドラッケンの関係者で貨物輸送業者。今回の功労者でシュメール人のショウン・ライアットくんでしたな」

『レストランや食料品店を捜し回っても見つからないわけです。あの船の中で食べたときは、叫びそうになったのを必死でこらえましたよ……』

「私ももらっておけば良かったですな♪」

ガチャ

『姉上。またお客が……と、失礼』

「お忙しそうですな」

『いえ、失礼しました』

「では、私はそろそろ」

『はい。では、よろしくお願いいたします』

「では失礼します。フィナ・ヴルヴィア惑星リーシオ評議員補佐官殿……」

外部ファイル02　ホワイトデー記念SS　バイキングデート？

◇ケビン・コールマン◇

「なあ、明日の日曜にケーキバイキングに行かね？」

俺は、親父からもらったケーキバイキングのチケットを、友人のショウン・ライアットに突きつけた。

「なんだよ藪から棒に」

「この前のバレンタインでいろいろ迷惑かけちゃったじゃん？　そのお詫びだよ」

「ふーん。まあいいけど」

改めてショウンにチケットを差し出すと、すんなりと受け取った。

受け取った……。受け取ったな！

「じゃあ明日は女の子の姿で来てくれよな。それ、カップル限定のチケットだから」

「なっ⁉」

翌日。

俺はそれなりの格好をして待ち合わせ場所にやってきた。

しかし、

「俺、女の子の姿でっていったよな？」

「ちゃんと女の姿じゃないか」

「なんで服装が男のまんまなんだよ！」

友人のショウンは、女の姿は女の姿だったが、服装はいつものスニーカーにジーンズにポロシャツ姿だった。

「ちゃんと女ってわかるだろ？」

「そうだけども！」

どうせなら女の子らしい服装をしてきてほしかった……。

俺たちが向かったのは、プランスメリーという、ケーキショップとカフェが併設されている店だ。

ここは月に二回、ケーキバイキングをやっている。

もともとのケーキショップ自体が有名で、そのケーキバイキングとなればなかなかに人気が高い。

ありがたいことに、最後の一卓が空いていた。

そして料金も、中学生にとってはお高いうえに、ドリンクは別料金なので、二人とも一番安いコーヒーにする。

「けっこう取ったな」

「せっかくだからな」

ショウンは、取ってきたケーキを美味しそうに食べはじめる。

男の服装をしていても、その綺麗な顔と、巨大なおっぱいで、男には見えない。

周りから見れば、俺たちはカップルに見えてるのだろうか？

そこで俺は、バレンタインのときから気になっていたことを聞いてみた。

「なあショウン。お前、今みたいな女のときに、男が気になったりすることあるのか？」

「いまのところないな。基本男だから、女のときも、女のほうに目が行くしな」

ショウンは、ケーキを食べながら平然と答えた。

「そうか……」

これでちょっぴりでも気になってくれていたらと思ったけど、違ったか。

「じゃあこんど、生おっぱい揉ませてくれ。生ぱふぱふならモアベター！」

「お前……マジで病院いったほうがいいぞ……」

真剣に頼んだ俺に、ショウンが微妙な顔を返してきた。

やっぱり友達関係は変わりそうにないな。

そこに、派手な格好をした、大学生かＯＬくらいの年齢の女の人たちが近寄ってきた。

「なになに、ガキがデート中なわけ？　うけるー♪」

「生意気にこんなところ来てるんじゃないわよ！」

「女のほう、服装だっさ！　てか男物？」

そしてそのＯＬっぽい人たちは、なんでか知らないが俺たちに絡んできた。

「あの……何か用ですか？」

「ここのケーキバイキング人気なの。それでテーブルがいっぱいだからあんたたち退きなさい」

「はあ？　なに言ってるんだ、あんたら？」

俺もショウンも、その女たちの台詞に一瞬呆気に取られた。

「私たちは今すぐに食べたいの。さっさと退きなさい」

「そーそー。こういうお洒落なお店は、あんたたちみたいなだっさいガキが来ていいお店じゃないのよ！」

女たちは笑いながら威圧をしてきた。

「関係ねえじゃねえか！」

「行こうぜケビン」

女たちに食ってかかろうとした俺を、ショウンが止め、席を立った。

「なにいってんだよ！　俺たち来たばっかりだぞ⁉」

「そっちのダサダサカノジョの方が身の程わきまえてるジャン！」

「まあ当然よね。私たちのほうがグレードが高いんだから、店にもプラスよね」

「ほら！　さっさと退きなさいよ！」

女の一人が俺を押し退ける。

「ねえ、このガキが私たちに席を献上したんだから、払いはこのガキってことになるんじゃない？」

「たしかにそうね♪」

「ラッキー！　タダでゲットー♪」

女どもは、勝手な理屈をつけて俺たちの席に座り、俺たちが取ってきたケーキを勝手に食べはじめた。

「おいショウン！　なんで譲っちゃうんだよ！」

俺は、あっさりと席を立ったショウンに噛みついた。

するとショウンは、

「だって、こういう店に来て、明らかに未成年の俺たちに絡んで、席を奪ったあげく俺たちの注文分を横取りしないと気が晴れないぐらい、何十年と誰にも相手にされなくて、人間どころか動物も植物も水も空気もない小惑星(アステロイド)みたいにカラッカラに干からびている可哀想な人たちなんだぞ。優しくしてあげないと」

そして周りの人たちに聞こえるように、大声で俺を諭してきた。

その言葉に、まわりの人たちがくすくす笑いながら女たちに視線をむけていた。

「恥ずかしーああはなりたくないわね」

「嫌われ女ってやつだな」

「嫌よねー性格ブスって」

「常識ってやつがないよな」

「てか、普通に犯罪っしょ」

「ギャラスタに投稿しちゃう？」

まわりの人たちの侮蔑の声に、女たちは顔を歪めた。

「なんで私たちが笑われないといけないのよ！」

「見てるんじゃないわよ！」

自分たちの行動を棚上げしておいてよく言えたもんだ。

「なに因縁つけてるのよこのガキ！」

「事実だろ？」

怒る女とは対照的に、ショウンは実に冷静だった。

「このっ！」

そして女の一人が、我慢できずに、立ち上がって腕を振り上げてきた。

が、その腕を掴み取って、殴ろうとするのを止めた人物がいた。

「お客様。そこまでにしていただきましょうか。これ以上は他のお客様のご迷惑になります」

「なっなによあんた？」

「当店のオーナー兼パティシエです」

オーナーは端整正な顔立ちの若い男性で、いわゆるイケメンだった。

「ねえ。あんただってこんなガキより私たちのほうがいいでしょう？」

「そうそう。宣伝効果ありまくりってやつ？」

「なんならあ。私たちが常連になってあげてもいいんだけど？」

女たちは、オーナーがイケメンとわかると、頭の悪すぎるセリフを吐きながら、誘惑？　をしはじめた。

しかし、オーナーは顔色ひとつ変えず、

「こちらのお客様たちに対する暴言は侮辱罪。同じく、座っていたテーブルから押し退けたのは暴行罪。ご注文いただいていたケーキバイキングの権利の略奪は窃盗罪になります。ご理解いただけましたか？　以上が貴女たちが行った犯罪です。警察に通報されて犯罪者になりたくなければ、ケーキバイキング代、一人三千九百八十クレジット、合計一万千九百四十クレジットをお支払いいただき、速やかにお引き取りくださ い」

ピシャリといいはなった。

「こんなガキより私たちのほうが上客じゃない！」

「そうよ～追い出すならむしろあっちでしょ？」

「悪い評判広まるんじゃないの～？」

女たちはそれでも食い下がっていた。

それにしてもそうとう図々しいな、あの女たち。

「悪い評判を広めるならご自由に。当店の商品の品質は、そのような噂に負けることはありませんので」

オーナーは毅然と言い返し、女たちに出口を指し示した。

「お帰りいただけないなら、すぐに警察に突き出させていただきますが？」

丁寧だが、迫力のあるオーナーの言葉に、女たちは苦々しい顔をしながら、汎用端末でクレジットを払い、悪態をつきながら店を出ていった。

「皆様、大変お騒がせしました。お詫びとしまして、今皆様がご注文のドリンクを無料にさせていただきます」

ラッキー！　このオーナーは太っ腹だ！

後日。

あの女たち三人が、プランスメリーの悪口を情報に書き込んだが、あのときの現場を録画していた人が動画をあげ、女たちの方が叩かれまくった。

そして同時に、ショウンの奴が、

『いびられていた銀髪巨乳美少女たんハアハア』

『モンクレ三人より銀髪ちゃんのほうが可愛い』

『罵倒しながら踏んでほしい……！』

などと動画のコメント欄で話題になっていた。

ファイル06　俺の元クラスメイトが評議員なわけがある

◇ショウン・ライアット◇

惑星リーシオの『新華祭』から七日。

俺の拠点でもある惑星オルランゲアで、船のメンテナンスがてら休日を楽しんだ俺は、仕事を受けるべく、カウンターにいた。

「ほい。昇進祝い」

「おー！　覚えていてくれたとは嬉しいなあ♪」

ササラはにこにこしながら、俺が差し出したプランスメリーのケーキボックスと、自家製のクッキーの入ったボックスを、いそいそとカウンターの下にしまった。

その一連の動きを、周りの受付嬢たちが凝視していたのには、得体の知れない恐怖を感じざるをえなかったが。


「さてと。今あるお仕事はこれだけかな」

ササラの出してくれた依頼一覧（リスト）には、実に様々な依頼があった。

一番多いのが『生鮮食料品』と『日用消耗品』で、『生鮮食料品』は冷蔵冷凍の施設があり、足の早い船が適任だ。

ここに来る『生鮮食料品』と『日用消耗品』の輸送依頼は個人や企業用。いわゆる『お取り寄せ』や『宿泊施設のアメニティ』なんかがメインだ。

次に多いのが、繊維・鉱石・木材チップなどの『原材料』だ。

これはとにかく積載量がものを言う。時々は少量での依頼が来たりもするが、大概は大量だ。

次が『工業部品』。

俺が受けている依頼のなかで、一番比率が多いものだ。

俺はそのなかで、首都ヴォルダル行きの少量の『鉱石』いわゆる『希少鉱物（レア・メタル）』の輸送を選択した。

すると、ササラの近くの電話に通信が入った。

「はい。こちら配達受付ですが……はい……はい？　急ですね。……はい……はい。わかりましたお伝えします」

ササラは電話を終えると、難しい顔をしながら俺を手招きする。

「どうかしたのか？」

「うん。実はね、ヴォルダル行きの船で客を乗せられる船に強制依頼がかかっていて、今すぐに客を乗せてヴォルダルに飛べって指示が来てるんだよ」

「なんだそりゃ？」

妙な話だった。

この時間なら、普通の旅客船は稼働しているし、首都惑星のヴォルダル行きなら何本もあるはずだ。

「評議員からの強制依頼だから、断るに断れないんだよ」

が、その一言で全部理解できた。

銀河共和国の評議員は、平凡・有能・無能の三種類で構成されていて、迷惑をかけるのは無能か平凡だ。

「めんどくせぇな、偉いさんってのは……」

「お手当ては出るから頼むよ～」

「拒否できないんだろ？　仕方ねえ」

「たぶんもう船に向かっているはずだよ」

気は進まないが、強制であるなら仕方ない。

チェックを済ませると、すぐに停泊地に急いだ。


「遅い！」

「は？」

「ルナーシュ様をお待たせするなど、どういうつもりだ⁉」

急いでやってきたところ、緑の髪で顔立ちの整った若い男が仁王立ちで待ち構え、いきなり罵声を浴びせてきた。

誓って俺は寄り道をしていない。

話を聞いてすぐに停泊地(ここ)にやってきたのだから。

「ルナーシュ様が到着するより前に準備をしておくのは当然だろうが！　二秒も待たせよって！」

それを聞いた瞬間、俺は自分の頭に血が上ったのがわかった。

そんなの待ったうちに入るか！

ちゃんとアポイントメントの時間を決めておいたのに、十分二十分待たせたというなら怒られても仕方がないが、緊急に仕事を押し付けられ、一直線に現場にやってきたのに、わずか二秒に激怒するとは、アホとしか言いようがない。

「まあいい。とっとと船を出せ！」

「申し訳ないが、まだ荷物を乗せていません」

「ふざけるな！　このうえさらにルナーシュ様を待たせるだと？　貴様！　不敬罪で死刑にしてやる！」

こいつは本物のアホだ。

銀河帝国じゃあるまいし、共和国の法律にない罪を持ち出してんじゃねえよ！

俺はこいつを無視して荷物の積み込み作業を開始した。

「おい貴様！　さっさと船を出せと……」

「いい加減にしなさい！」

俺を殴るつもりで近づいてきた男を、近くにいた女が止めた。

「ジェームス・ハンズクリット補佐官。私たちは無理を言って彼の船に便乗させてもらうのです。それ以上の暴言は許しません」

「む……かしこまりましたルナーシュ様」

女が諭すと、男・ジェームスは即座に反応して最敬礼の姿勢を取る。

ジェームスのその態度や行動・言動に、俺は覚えがあった。

『天使の宅配便』のリリーナ・フレマックス。

リーダーのヴィオラ・ザバルを愛し、自分の仲間以外が彼女に近付くことを決して許さない同性愛者。

そいつの態度・行動・言動にそっくりだ。

つまり、補佐官（こいつ）は間違いなく評議員閣下（この女）の狂信者ということだ。


ハンズクリット補佐官（アホ）が頭を下げると、評議員閣下が俺に声をかけてきた。

「改めまして、私はウィルティア・ルナーシュ。銀河共和国の評議員を務めています」

どうやら評議員閣下（こっち）は多少はまともらしいので、俺も丁寧に挨拶をする。

「貨物輸送業者のショウン・ライアットです」

「はい。存じていますよ♪」

「「は？」」

しかし、評議員閣下（彼女）の返答に、俺も補佐官（アホ）も呆気に取られてしまった。

しかし補佐官は素早くフリーズから復帰し、評議員閣下に子細を尋ねた。

「ルナーシュ様！　なんでこんな底辺のウジ虫をご存じなんですか⁉」

しかし評議員閣下は補佐官を無視し、

「久しぶりですね。ライアットくん。覚えていませんか？」

などと、話しかけてきた。

黒髪に切れ長の瞳。整った顔立ち。透明感のある声。

評議員だからニュースなんかには出たことがあるだろうがそれとも違う……もっと古い……。

「あ……そうか思い出した！　中学の一年と三年でクラスメイトだったウィルティア・ルナーシュ！」

俺が行っていた中学で、入学した年から生徒会に入り、二年からは生徒会長を卒業まで務めあげた天才だ。

すっかり忘れてたぜ。

「正解です♪」

その俺の答えを聞いた評議員閣下は、嬉しそうな笑顔を浮かべていた。

それとは対照的に、不機嫌な表情を浮かべているのが補佐官だった。

「ル……ルナーシュ様？　なんでこんなウジ虫に呼び捨てをお許しになられるんですか！」

「学生時代のクラスメイトですから」

補佐官の剣幕などどこ吹く風と、俺のほうを見てにこにこしていた。

「だとしても！　今は身分が段違いです！　ルナーシュ様は評議員！　こいつは底辺の貨物輸送業者なんですよ！」

「輸送業を担う人たちのおかげで、共和国の物流が保たれているのですよ？　そのような発言は控えなさい」

「はっ！　申し訳ございませんでした！」

　補佐官が失礼な発言をすると、評議員閣下がそれをたしなめる。すると補佐官は即座に謝罪をするという、手のひら返しの鉄板の流れを見せてくれた。

　しかしそこに、余計な一言が加わった。

「謝るのは私にではありません」

　そのルナーシュの言葉に、まるで女神に叱責されたように愕然となり、次の瞬間には、俺を憤怒の表情で睨みつけたあと、

「も・う・し・わ・け・あ・り・ま・せ・ん・で・し・た！」

　不本意全開で謝罪をしてきた。

「わ……わかったわかった。さして気にしちゃいないよ」

「なに？　ならば謝罪損ではないか！」

　わー。こいつだけ生身で宇宙空間に放り出してやりたい。

「くっ……まあいい。さっさと入り口を開けろ！」

「宇宙港における貨物発着場の規則で、貨物の積み下ろしの最中は、作業者以外は船に乗り込んではいけないことになってる」

　ようは、持ち逃げや事故防止のためだ。

「なんだと！　ルナーシュ様にこんなところで待てというのか？」

「荷物の積み込み作業が始まる前に、そっちがここに来たんだろうが！」

貨客船に便乗するのだから、それぐらいは予測できそうなものだろうに。

「宇宙港の規則です。私たちが破るわけにはいきません」

「ははっ！」

そしてやはり、評議員閣下の一言で、補佐官は態度を百八十度変更した。


そのうちに、荷物が積み終わる。

希少鉱物は量が少ないため、俺の船にも乗せられるし、積み込み作業も手早くすむ。

「……積み込み完了。各部チェックも良しと……。待たせた……と、お待たせしました。どうぞ」

「ふん……。ようやくか……。さあ！　ルナーシュ様どうぞ！」

そうして、三・人・の客は船に乗り込んだ。

そして予想通り、補佐官が難癖をつけてきた。

「みすぼらしいなまったく……。おい！　ルナーシュ様のお部屋はどこだ？」

「そっちの二つがベッドルームになってる」

「階段の上は？」

「俺の私室だ」

「広さはこのラウンジスペースと同じくらいか？」

「まあな」

「よし。そこをルナーシュ様のお部屋にする」

その言葉に、俺はこの、ジェームス・ハンズクリット補佐官の正気を疑った。

「アホか！　俺の私室ってことは船長室ってことだ！　船長室・艦長室は相手が誰だろうと明け渡しは不可だ！　宇宙航行法にも明記されているんだぞ！」

これは元々は惑星上の船の習慣らしいのだが、『船上においては誰に指揮権があるのかを明確にしておかねばならない。そうしなければ船は行き先を失う』という理念がある。

晋蓬皇国のことわざという奴だと『船頭多くして船山に登る』というらしい。

船に乗ったときは、たとえ評議長だろうと銀河帝国の皇帝だろうと、船長室・艦長室を明け渡すことは許されないし、要求することも許されない。

元々は軍艦にだけ適用されていたのだが、いつの間にか民間船も条文に入っていたらしい。

ちなみに銀河帝国の貴族たちは、こぞって艦長や船長になりたがるらしい。

なんでも、銀河航行法を利用して、皇帝よりいい部屋にいるという実感が欲しいためらしい。

「評議員の私が法律を破るわけにはいけませんね」

補佐官は、ルナーシュ評議員の一言で、舌打ちをしながらも文句を言うのをやめ、

「ではルナーシュ様は此方の寝室を、私は隣を使いますので。おい。荷物を部屋に入れろ。あと、お前はソファーだからな」

「かしこまりました」

お付きの使用人らしいスーツの女性に、力仕事をさせ、ソファーで寝かせるようだ。

カリス・ヴルヴィア（前の客）とは、逆の意味で大違いだ。

結論からいって、このジェームス・ハンズクリット補佐官は最悪だ。

到着まで三日かかると聞いて、

「ルナーシュ様はお忙しいのだ！　行程を二日分短縮しろ！」

とか。

俺が船を出港させ、超空間に入って、自動航行装置にして操縦室から出てくると、

「おい貴様！　今まで何をしていた!?　ルナーシュ様に御茶を用意しないか！」

とか。

なので紅茶と茶菓子を出すと、

「このクッキーは貴様の手作りだと？　よくもこんな得体の知れないものを出してくれたな！」

とか。

他にも、

「ソファーのクッションが悪い！　ルナーシュ様が座るには不適切だ！」

とか。

「おい貴様！　なんだあの浴室は？　ルナーシュ様がお入りになるのに、あんなみすぼらしい浴室しかないのか！」

とか。

「ルナーシュ様がお気に入りの惑星ルブコール産シャトー・クルグリュウェストルの赤は当然、用意してあるんだろうな？」

とか。

「ルナーシュ様に貴様のような奴が作製した料理を食べさせるなど言語道断だ！　最低でも銀河ミルトシュランテで三つ星をもっているシェフを乗せておくべきだろうが！」

とか。

自分から無理矢理乗り込んできたくせに、高圧的・自己中心的・贅沢という三重苦。

しかし、一番偉い人であるルナーシュ評議員は一言も文句を言っていない。

つまり、こいつ自身の我が儘を、ルナーシュ評議員がいっていることにしているだけなのだ。

そもそも、評議員なら専用のシャトルくらい持っているはず。

なのになんで船を借りるはめになったんだ？

そんなことを考えながら、コーヒーでも飲もうと操縦室からでると、ラウンジにいたのは、ジャケットやネクタイ、パンプスなんかを脱ぎ、楽な格好をしている使用人の女性、サラ・トライミナル女史だけだった。

そのせいか、すでにソファーを倒し、教えておいた、バスルーム横の収納に入れてあったシーツと毛布を出して、ベッドを作っていた。

銀河標準時は二十二時。

遅い時間だが、寝るにはすこし早い時間だ。

「ルナーシュ評議員はもうお休みなんですか？」

「はい。執務がない限り、ルティアは早寝なんですよ」

トライミナル女史は、嬉しそうに自分の雇い主のことを話す。

その距離感はかなり親密に思えた。

ちなみに補佐官は、勝手にキッチンをあさり、果実酒を馬鹿みたいに飲んで、酔っ払って寝てしまった。

まあそのほうが静かでいい。

「評議員とのお付き合いは長いんですか？」

「はい。あの子が生まれたときからです。奥様、ルティアの母親が忙しいので、私が子育てをさせていただいていましたから」

評議員閣下(ルナーシュ)は俺と同級生だ。

子育てをしていたというが、それにしては若い。

その俺の疑問を見抜いていたらしく、彼女はクスリと笑う。

「これ、全身義体なんです。実年齢はもうおばさんなんですよ。外見を歳相応にしてもいいんですが、何かあったときにあの子の身代わりになれたらと思って、こんな外見にしているんです」

確かに彼女は、ルナーシュ同様に黒髪で身長も体格も顔立ちも似ている。

ということは、この見た目は彼女本来の外見ではないのだろう。

まあ、あまり突っ込んでいい話じゃない。

なので、それとは別の気になったことを聞いてみた。

「そういえば、なんで急に船をチャーターするはめになったんです？　専用の船があるのに」

「その船に不具合があって使えなくなったの」

しかしそれなら……。

「それなら民間の旅客船がある。私もルティアもそうしようと思ったわ。そうしたらあの坊やが何を思ったのか、旅客船を貸し切りにしようとしたのよ。しかも出発の五分前に」

やっぱりあの補佐官が原因か！

「当然向こうはルティアがそれを言い出したと理解するわ。だから私とルティアは慌てて謝罪してその船には出発してもらったわ。そしてあの坊やが次の便を貸し切りにしようとするのを何とかやめさせて、貨客船のチャーターをしたのよ」

彼女はそこまで語ると、大きくため息をついた。

「お疲れ様でした」

俺は心の底からそう思った。

「いえいえ」

「ホットミルク、飲まれます？」

「いただきます」

俺はキッチンに向かうと、誠心誠意をこめて、蜂蜜入りのホットミルクを作製した。

翌日もやっぱり、あの補佐官はやってくれた。

やれ、パンのブランドが違うだの。

やれ、洗面所に品がないだの。

はっきり言って性質(たち)の悪いクレーマーでしかない。

俺は朝食が済んだら早々に操縦室に引きこもらせてもらった。

そうして昼近くになったとき、いきなり警報が鳴り響いた。

「くそっ！」

俺はすぐにスロットルを全開にしながら、障壁(バリア)をフルパワーで後方に展開したその瞬間に、障壁にビームが着弾した。

もちろんそれには振動が伴い、乗客に気付かれる。

「おい貴様！　この振動は一体なんだ？」

「襲撃だよ！　ＧＣＰＯへのＳＯＳ信号の発信準備をしつつ、超空間から脱出、直後にフルスロットルのままで手近の有人惑星か軍の基地に逃げる！」

自分の行動の確認のためのセリフを言うが早いか、すぐにそれを実行した。

周りが歪んだような空間から、通常の宇宙空間にもどると、同時にＧＣＰＯへのＳＯＳ信号には、襲撃されたとだけ書いておいた。

するとすぐにＧＣＰＯから通信が来た。

この辺りがありがたいところだ。

『こちらはＧＣＰＯ銀河共和国本部。今現在どうなってる？　まだ無事か？』

「現在惑星ヴォルダルに向けて全速力で逃走中！　相手は未確認だが、撃ってきたのは確実だ！　早いとこ頼む！」

『了解だ！　すでに近隣の防衛軍にも協力を頼んでおいた！　首都惑星の近隣で海賊行為とは舐めた真似しやがって！　ともかくヴォルダルの防衛圏内へ急いでくれ！』

「了解した！」

俺は通信を切ると、操縦桿を握り直し、レーダーをにらみつけた。

すると、後方から迫ってくる船影を見つけた。

やっぱり追ってくるか。

まあ、逃がしてくれるとは思っていなかったが。

そこに、通知音が鳴った。

「敵船から通信？」

怪しいことにまちがいないが、相手の情報を手に入れるために、やり取りを録画しておくことにするべく、録画装置を起動させ、通信を受けた。

『止まれ！　ショウン・ライアット！　止まっててめえの積み荷を全部よこしやがれ！』

画面に現れたのは、いかにもチンピラといった顔と風体をした男で、俺の名前を呼びながら、停船を呼びかけてきた。

「積み荷は歯ブラシと歯磨きチューブだぞ！『ガズン兄弟』長男のドグラン・ガズン！」

録画装置に情報を入れておくべく、モニターに映った相手の情報をしゃべっておく。

『嘘をついたって無駄だぜ！　お前の積み荷が「希少鉱物」だってのはわかってんだ！　さっさと寄越せ！　お前の船じゃあにげられねえだろうが』

「やっぱり海賊に転職したらしいなボケナス三兄弟！」

『うるせえ！　捕まえて女に固定させてヤりまくってやるっ！』

モニターに映る長男のドグランがそう叫ぶと、

『兄貴！　最初は俺にやらせてくれ！』

横から別の男たちの声が聞こえてきた。

『ずりぃぜマグラス兄ちゃん！　俺にもやらせてくれよ！』

『わかってるよジグラガ。ちゃんと回してやるよ！』

どうやら、次男のマグラスと三男のジグラガのようだ。

そしてそれからは、聞くに絶えない下品極まりない話が始まったので、通信を切った。

「なんなんだあの連中は？」

するとすぐに補佐官が話しかけてきた。

まあ、さっきのやり取りを聞いていたなら、質問をしたくなって当然ではある。

「元・同業者だよ。依頼された荷物を勝手に売り払って、かわりにがらくたを詰めて渡したり。同業者や乗客の女性を監禁して暴行して闇市（ブラックマーケット）に売ったりして、指名手配犯になったたな」

それを聞くと、嫌なことを聞いたという顔をしたのち、はっ！　と何かを閃（ひらめ）いた顔になり、

「こちらには評議員のルナーシュ様が乗っていることを伝えれば、連中は恐れおののくだろう！」

「ルナーシュ評議員閣下は美人で有名だからな。あいつらなら喜んで攫っていく。おまけに身代金も取り放題だな」

「この船は元軍用だろう！　なにか積んでいないのか？」

「民間に卸される時点で全部武装解除済みだ。だから積んでるのは小惑星帯での岩石破壊用のビームくらいだ」

いろいろとアイデアを出すものの、すべて却下せざるをえない内容だった。

「ちっ！　これだから貧乏人の船はいやなんだ！」

補佐官は、自分のアイデアがことごとく潰れたことに腹を立てたらしい。

ちなみにその間も、ビームが障壁に当たって衝撃と爆音が鳴り響き、ビームが機体の横を通りすぎていっている。

補佐官はしばらく落ち込んでいたが、不意に俺に話しかけてきた。

「そういえばお前、女に固定させてとか言われていたが、もしかしてシュメール人か？」

「そうだけど？」

そういえば話してはいなかったはずだ。

すると、補佐官の顔が一瞬で怒りの表情になった。

「ならば……二度とルナーシュ様に近寄るな！　カタツムリ風情が！」

どうやらこいつはシュメール人差別主義者だったらしい。

シュメール人が他種族と喧嘩になったときには、『カタツムリ！』とか『スネイル！』と、言われることはよくある。

しかし、シュメール人差別主義者というのは、俺のようなシュメール人はヒューマンの中での劣等種であると、本気で考えている奴のことを指す。

シュメール人が迫害されていた五百年前くらいには山ほどいたらしいが、いまでは全宇宙を通して立派な差別思想だから、声高にしていると当然、侮辱罪・名誉毀損罪等で逮捕される。

以前にシュタインベルガー准将閣下をこれかと疑ったのは、金持ちや身分の高い奴のなかに、ごく稀にいたりするからだ。

だがいまはそんなことにかまけている暇はない。

一歩間違えれば、仲良く纏めて宇宙の塵（ちり）になりかねないし、ならなかったとしても、ボケナス三兄弟の慰み物だ。

まあ、補佐官（こいつ）がどうなるかは知らないが。

「ここであのボケナス三兄弟に捕まらなきゃそうしてやるよ！」

だが俺の言葉には反応せず、

「まさかルナーシュ様のクラスメイトにカタツムリがいたとは……。ルナーシュ様のお体に不調はないだろうか？　おかしな病原体でも持っていたら取り返しのつかないことになる！　そうだ！　食事も食べてしまっていたから、首都についたら即座に精密検査を」

ばちぃぃぃぃぃぃん！

ぶつぶつと呟いていたところに、いきなり強烈なビンタの音が響いた。

そこにはいつのまにか、ウィルティア・ルナーシュ評議員閣下と、サラ・トライミナル女史がいた。

「なっなにをなさるんですかルナーシュ様！　それに、こんなカタツムリがいる場所に入ってきてはなりません！」

驚いたのは補佐官も同じだが、何より評議員閣下にビンタをされたことに驚いていた。

「何様のつもりですか貴方は？」

「え？」

補佐官は評議員閣下にかけられた言葉の意味がわからず、思わず聞き返した。

その反応に、評議員閣下は眉を顰めてから口を開いた。

「貴方の我が儘で旅客船に乗れず、急がねばならないからと無理を言って借りた船の責任者に、我が儘放題・罵詈雑言。あげくのはては、銀河共和国評議員補佐官が堂々と差別発言ですか。貴方のお母様に頼まれて、貴方を補佐官としていましたが、もう限界です。貴方は首都惑星ヴォルダルに到着後に補佐官を解任し、査問委員会にかけます！　その後、補佐官資格の剥奪、懲戒免職。さらには逮捕・懲役も覚悟しておくことです！」

どうやら相当にたまっていたのか、一気にまくし立てた。

しばらくは、障壁にビームが当たった音と衝撃と、ビームが機体の横を通りすぎた音だけが響いていた。

そしてようやく再起動した補佐官は、

「なっ……なぜです？　私はすべてルナーシュ様のために行動してきたのに！　将来は私を生涯の伴侶に選んでくださるはずなのに！　嘘だ……私のルナーシュ様がそんなことを言うわけがない！」

評議員閣下からの信じられない言葉に、完全に混乱していた。

恐らくこいつのなかでは、

『自分はルナーシュの役に立っている。ルナーシュのほうも、自分は優秀で役に立ち、離れがたい人だとおもっている』

とかになっていたんだろう。

こう言っちゃなんだが、お花畑すぎるな。

そしてしばらくの間、床を見つめたまま呻(うめ)いていたのだが、不意にこちらを振り向くと、憤怒の形相を浮かべていた。

「そうか……お前がルナーシュ様になにか吹き込んだんだな！　許さんぞぉ！　劣等種のカタツムリがぁぁぁぁぁぁぁぁぁぁぁぁっ!!」

そう怒鳴りながら、護身用とは思えないデカイ銃を懐から取り出した。

俺が評議員閣下とろくに会話をしていないのを知っているだろうに、迷惑極まりない。

というか、今この状態で俺を撃ったらどうなるか理解をしていないらしい。

俺は今、少しでもビームが障壁に当たらないようにスロットルと操縦桿を握ってコントロールしている。

つまり逃げ出せない状態だ。

しかし次の瞬間、
バチィィィィィィッ！

凄まじい音と共に、補佐官が床に倒れた。

「危なかったわね」

サラさんが義体の腕に仕込んであったスタンガンを見せてきた。

「早めに使ってほしかったですね。具体的には旅客船に乗る前に」

そいつを最初のときに使って、旅客船に乗ってくれていれば、面倒事はボケナス三兄弟だけでよかったんだ。

「でも、危険な状況には違いありません……」

評議員閣下は不安そうに手を胸の前で合わせている。

「それなら安心しろよ。騎兵隊のご到着だ」

前方から向かってきたビームが、ガズン兄弟の船に吸い込まれていく。

そしてそのあとから、巨大な軍艦とすれ違った。

俺はスロットルを緩め、安堵のため息をついた。

◇ウィルティア・ルナーシュ◇

ここのところ災難が続け様に起こっていました。

執務室が荒らされていたり、車がエンストを起こしたり、おかしな手紙(メール)が届いたりといろいろに。

決定的なのが、今日の専用シャトルの故障から始まった一連の事件です。


私の支援者の一人である、エルメダ・ハンズクリット夫人の息子で、評議員補佐官試験に合格したというジェームス氏を、ハンズクリット夫人のお願いもあって採用して一年。

私よりは年上で、仕事はできるのですが、どうにも私は苦手です。

なにかと理由をつけて私の私室に入ろうとしますし、アポイントメントの相手を勝手に断ったと思えば、会う必要のない人とのアポイントメントがセッティングされていたり、私を信仰の対象のように考えているらしく、それを他人に強制したり、なにより、評議員補佐官という地位を盾にいろいろな人に傲慢に接しているのが見受けられるからです。


その彼が、厄介なことをしでかしてくれました。

評議員に支給されている専用の船に不具合があり、民間の旅客船を利用しようとしたのですが、彼はなんと、出発五分前にも拘わらず、貸し切りにしろと関係者に捩じ込もうとしたのです。

まず、旅客船にとっての出発五分前というのは、乗客は全員が乗り込み、各部のチェックも終わり、定刻までの出航許可を待つだけの状態です。

にも拘わらず、乗客を全員下船させろと命令したのです。

当然関係者は驚き、それは無理だと反論します。

すると彼は、

「貴様！　銀河共和国評議員のウィルティア・ルナーシュ様の意向に逆らうというのか⁉」

と、勝手に私の名前を出して関係者を脅したのです。

私は、子供の頃から付き添ってくれているサラと一緒に彼を引き剥がし、関係者にお詫びをしてから、そそくさとその場をあとにしました。

彼に注意をするも、

「あれくらいは当然のことですよ！　従わないあの連中がおかしいのです！」

と、反省などする気は欠片もないようです。

次の便も、同じように貸しきりにしようとしたので、貸し切りにするなら貨客船をチャーターしてはどうかと提案したところ、渋々了承してくれました。

しかしそのチャーターの方法も、ヴォルダル行きの貨客船にお願いするのではなく、＋強引に了承させるというものでした。

私とサラがため息をつきながら、その船がある停泊地に到着すると、そこには白い貨物船が停泊していました。

綺麗な船だなと思って見ていると、船の持ち主がやって来て、すぐにジェームス補佐官に絡まれていました。

その船の持ち主を見た瞬間、私は声を上げそうになりました。

それは、持ち主＝船長が、ショウン・ライアットくんだったからです。

彼とは、中学一・三年のときに同じクラスでした。

そしてなにより、一年のとき、誘拐されそうだった私を助けてくれたのがライアットくんでした。

そのときから、彼は私の憧れになりました。

ライアットくん、いえ、ライアットさんの船は、綺麗で清潔感があり、貨客船としては二重丸の評価です。

にも拘わらず、補佐官の彼は文句しか言っていません。

そのうえ、宇宙港のルールや宇宙航行法まで無視しようとしたのには呆れました。

まあ、ライアットさんの私室には非常に興味がありましたが……。

出されたお茶菓子は、文化祭で人気になったクッキーで、懐かしく、そしてあのとき以上に美味しくなっていました。

夕食も素晴らしく、貨客船の食事とは思えないくらいのものがテーブルに並びました。

でもその感動は、すべて補佐官の彼によって台なしにされ続けていました。

クッキーは一番多く食べ、食事はおかわりまでしたくせに、品のない味だとか、得体が知れないだとか、失礼にもほどがあります。

おまけに、私に子供の頃から付き添ってくれているサラを、まるで自分の使用人のように扱い、身体まで要求しようとしたことは絶対に忘れません。

ハンズクリット夫人からのお願いがなければ、すぐにでもクビにしたくてたまりません。

ハンズクリット夫人は人格者で私の良き理解者であり、後援者の一人でもあるので、そうそう無下にできないのです。

なので私は早々に寝ることにしました。

サラも一緒にと誘ったのですが、彼が私の部屋に向かおうとしないように見張るといって、承知してくれませんでした。

彼は、ショウンさんの船に積んであったお酒を浴びるように飲んで寝てしまったから大丈夫だと言ったのですが、万が一もあるし、場合によってはライアットさんに救援を頼む必要があるからと、押し切られてしまいました。


そして翌日。

決定的な事件が起こりました。

そのきっかけになったのは、元・貨物輸送業者の海賊の出現でした。

海賊自体は結果的に共和国防衛軍の艦隊に捕縛され、何事もなかったのですが、そのときに彼が、評議員補佐官として、言ってはならないことを言ってしまいました。

それは、シュメール人のライアットさんに向けて、『カタツムリ』と罵り、明らかな差別発言を繰り返したことです。

私は思わず彼の頬を打ち付けていました。

銀河共和国評議員として、常識のある一人の人間として、なにより自分の好きな人を侮辱されたことに対して、我慢ができなかったからです。

彼はしばらく呆然としていました。

しかし次の瞬間。

なにを考えたのか、船の操縦桿を握っているライアットさんに襲いかかったのです。

今ライアットさんが操縦できなくなれば、私たちにはどうすることもできません。

私はもちろん、サラも彼も宇宙船の操縦などできるはずがありません。

ですが、それをサラが防いでくれました。

腕にしこんでいたスタンガンで、彼を気絶させてくれたのです。

これでようやく、ライアットさんとまともに話ができそうです。

◇ショウン・ライアット◇

銀河共和国防衛軍の登場により、ボケナス三兄弟こと『ガズン兄弟』はあっさりと捕縛された。

オルランゲアとヴォルダルはかなり距離が近く、この間で海賊行為を行うのは、自殺行為に近い。

あいつらはそれだけ、考えなしだったということだ。

そして、騎兵隊（防衛軍）の隊長（司令官）からの通信が入った。

『こちらは銀河共和国防衛軍主力艦隊司令官兼旗艦カシナート艦長、ラインハルト・シュタインベルガー准将です。通報者はそちらの船で間違いありませんね』

出たのはやっぱり、シュタインベルガー准将閣下だった。

あの一番でかい船には見覚えがある。

「感謝します准将殿。お久しぶりですね」

俺は親しげに声をかけるが、准将閣下は怪訝な顔をした。

『失礼ですが、どちらでお会いしましたか？』

これは別に准将閣下が若年性健忘症にかかった訳ではない。

その証拠に、俺が女に変身すると、

「救助していただいたのと、そのあとの裁判では何度もお会いしましたね」

『あ！　ライアットさんでしたか！　大変失礼いたしました！』

一発で思い出してくれた。

「男の姿でお会いしたのは今回で二回目ですから無理もないですよ」

「お知り合いですか？」

「以前、軍の事件でいろいろありまして」

「ああ。軍高官の息子の不祥事ですね」

評議員閣下もご存じの、馬鹿ガキ共のしでかした事件の裁判の証人として、裁判に出廷中は女でいるようにと指示を受けたため、その間ずっと女の姿をしていて、男になったのは、本人確認のときだけだった。

なので、覚えていなくても仕方ない。

そこに、起きなくてもいい奴が起きてきた。

「う……くそっ！　どうなったんだ？」

『海賊は我々が捕縛しました』

俺・サラさん・評議員閣下が説明する前に、准将閣下が説明をしてくれた。

が、それが良くなかった。

「防衛軍？　そうか！　ルナーシュ様の危機に出動してきたわけか！」

補佐官は准将（モニター）に近づき、明らかに馬鹿にしたような表情をし、

「おいお前！　今から貴様の所属する船に、ルナーシュ様を乗船させるので貴賓室を用意しろ！

それから、艦長を挨拶に来させろ！　ルナーシュ様がご乗船くださるんだ、失礼のないようにな。

それから、貴様の氏名と階級を聞いておこう。貴様の上官である艦長に良い評価をいってほしければな」

と、いつもの調子で命令をした。

多分、目の前の准将閣下が若いうえに、口調も丁寧なので、尉官程度だと思ったのだろう。

普通ならむっとするところだが、准将閣下は表情を変えることなく、平然と質問に返答した。

『自分は、銀河共和国防衛軍主力艦隊司令官兼旗艦カシナート艦長、ラインハルト・シュタインベルガー准将です』

しかも綺麗な敬礼と、腕輪型端末内の身分証明書の立体映像つきで。

その事実に、逆にうろたえたのは補佐官だった。

「しっ……失礼いたしました准将閣下！」

さすがに将官に対しては大きな口は叩けないのだろう。

同じ若手エリートでも、こうも貫禄の差が出るものなのだなと感心してしまう。

「とっとにかくっ！　我々をそちらの船へ乗船させてください。そちらの船なら今日中にヴォルダルに到着するでしょうし、安全面も問題がないはずです」

補佐官は、准将閣下に改めて自分の要求を突きつけた。

『それは可能ですよ』

「よかった♪　さあルナーシュ様。あちらの船に移りましょう。このような『カタツムリ』の船からは一刻も早く下船なさったほうがいい」

准将閣下の答えに喜び、評議員閣下に忠誠のお辞儀をする。

あれだけ拒絶されたにも拘わらず、あんな発言ができるのはある意味感心する。

そして、俺を睨み付けようと視線を巡らせたその先には、女の姿のままの俺がいた。

その俺の姿を見た補佐官は盛大に舌打ちをした。

「おいカタツムリ！　なぜ最初から女の姿をしていなかった！　それならお前で楽しんでやったものを！　この私に楽しんでもらえなかったことを、後悔するんだな！」

俺は一瞬、補佐官がなにをいっているのかわからなかった。

が、ようするに、

『カタツムリだと知らなかったら、この俺とベッドを共にするという名誉を与えてやったのに』

ということらしい。

もちろんその場にいた二人も理解したらしく、冷たい視線を向けていた。

相手の艦（船）からの連結通路が繋がると、その先には准将閣下と若い女性が出迎えていた。

「戦艦『カシナート』へようこそ。では貴賓室に案内させましょう。マリア・ハルエス少尉。お三方を貴賓室に」

「こちらへどうぞ」

女性士官が三人を内部へと促す。

しかし、

「私はショウンさんとシュタインベルガーさんに少しお話があるので、先に行ってください」

「荷物はあとから私がお運びします」

評議員閣下とサラさんは、俺と准将閣下に用事があるらしく、補佐官に先に行くように進めた。

「では、私は先に向かわせていただきます」

そういうと、補佐官は女性士官に自分の荷物を押し付けた。

◇ジェームス・ハンズクリット◇
まったく、一刻も早くあんな船からは退散して正解だな。

あのカタツムリめ！

ルナーシュ様に親しげな口調で話しかけられおって！

それに、女の姿があそこまで整っているのなら、始めから女の姿でこの俺の前に現れるべきだろう！

その上で、この俺に滅私奉公をするのが当然の行動だろうが！

そうすれば、カタツムリとわかったあとでも使ってやったというのに！

それと、先ほどのルナーシュ様がおっしゃった、私をクビにするなどというのは、あのカタツムリを大人しくさせるための方便だ。

この優秀すぎる俺を手放すわけがない。

それにしても、あの優男は忌々しいな。

この俺よりもいい出世コースにのってやがる！

あの歳で准将とは信じられない！

そうだ！　出世の為の裏工作をしたと流言を振り撒いてやるか。

それにしてもこの船の貴賓室は遠いな。

「おい！　貴賓室はまだか⁉」

「もう少しです」

「あとでちゃんとルナーシュ様もご案内しろよ」

まったく。

あんなカタツムリと優男になんの話があるというのだ。

「こちらです」

「ふん。少し地味だが、戦艦内部のものだからこんなものか」

そこにピピッという音が響いた。

「失礼、通信です。はい。案内は終了しました……」

どうやらこの女の軍用端末からの音だったらしい。

それにしても戦艦の貴賓室は地味だな。

もう少し装飾に凝ればよいものを。

さて、まずはこの女に、俺に使われる名誉を与えてやるか。

「失礼しました。では私はこれで」

「待て」

「なんでしょう？」

「この俺がお前を使ってやる。シャワーを浴びてこい」

「そういうことをご所望なら、この船の速度なら数時間で惑星ヴォルダルに到着しますので、ご辛抱ください」

この女……少尉程度が俺の命令に逆らいやがって！

「俺が使ってやるといってるんだ！　俺に逆らうのは、ルナーシュ評議員に逆らうのと同じだぞ！」

「どうやら艦長の判断は正しかったようですね」

するといきなり、この女は俺の腕をねじりあげて手足を拘束し、俺の銃を取りあげた。

「きっ貴様っ！　なんのまねだっ!?」

「ジェームス・ハンズクリット。貴様には安全運航妨害罪・暴行未遂罪・侮辱罪で捕縛指示が出ている。通報者はウィルティア・ルナーシュ。被害者はショウン・ライアット。よって、ヴォルダルに到着するまでは、この部屋で監禁・拘束される。ついでに私への強要罪も追加だ」

「ここは貴賓室だぞっ！　そんなことに使っていいわけがないだろう！」

「軍艦に貴賓室は本来は不要。しかし、貴様のような無駄に地位のある人間を閉じ込めるための牢獄を兼ねているから問題ない」

「何だとっ⁉　准将を呼べっ！　この俺を不当な扱いをしやがって！」

「これは准将の指示です」

「そんな権限はあるはずないだろうが！」

「補佐官なのに知らないのか？　我々銀河共和国防衛軍は、治安維持のために出動することもあるため、緊急時の逮捕権限を有しているぞ」

「ならばこれは不当逮捕だ！　劣等種族のカタツムリに対してしたことなど、罪であるはずがないだろうが！」

「いまので侮辱罪が増えたな。私もシュメール人なのだ」

カタツムリの女は、俺の銃と荷物を手に、扉に向かった。

そして部屋から出ると、

「そうそう。貴様は惑星ヴォルダルに到着した時点で、補佐官資格の剥奪・身柄をＧＣＰＯに移されるそうだ。貴様の母親も、致し方ないと納得したらしいぞ」

それだけ言い捨てて、扉を閉めた。

そして室外からの強制ロックの音が聞こえた。

「そんな……嘘だ！　嘘だぁぁぁぁぁぁぁぁぁぁぁっ！」

◇ウィルティア・ルナーシュ◇

補佐官の彼が女性士官に連れていかれると、

「ショウンさん。通信機を借りてよろしいですか？」

「どうぞ。使い方はわかりますか？」

「大丈夫です」

私はショウンさんの船の通信機を借りて、二ヵ所に対して同時に通信を発信しました。

すると、さして時間を置かずに両方から返信が来ました。

『君から連絡とはめずらしいな。何かあったのかね？　ルナーシュくん』

片方は、銀河共和国評議会・管理本部部長のコーディム・ボーウッドさん。

人柄のよいお顔をしたおじ様で、私が評議員になったばかりの頃からの知り合いです。

『お久しぶりねルナーシュ評議員。今日はどうしたの？　評議会の管理本部長もいるみたいだけど』

もう一人は、私の補佐官、ジェームス・ハンズクリットの母親であり、ハンズクリットコーポレーション社長であるエメルダ・ハンズクリット夫人です。

私は襟を正し、深呼吸をしてから口を開いた。

「今回ご連絡したのは、評議員補佐官のジェームス・ハンズクリットの所業についてです」

『息子がなにかしでかしたのね……。いろいろ噂は聞いていたわ』

『ご家族を前に心苦しいが、彼の行動はひどいの一言につきる』

評議会の身内でもあり、エメルダ夫人にとっては実の息子。そのこともあって心苦しかったのですが、どうやらある程度は事前にわかっていたようでした。

『それで……息子は何を？』

「宇宙船の船長に対する安全運航妨害・暴行未遂。そしてシュメール人である私の中学生時代の友人でもある船長への、『カタツムリ』という侮辱罪。そして、私の私設秘書であるサラ・トライミナルへの強姦未遂です！　これは今回だけのものですが、いままでの様々な問題行動・問題発言に我慢できなくなり、ご連絡しました」

「ルティア。私は気にしていませんから。それに、かなり前の話だし……」

「駄目です！　そこはきっちりしないと！」

サラは取り下げようとしますが、それだけは譲れません！

私の家族であるサラに乱暴をしようとしたことは、絶対に許せません！

『育て方を間違えたわね……。遠慮することはないわ、容赦なく処断してください。そちらにいるのは防衛軍の方ね』

「はっ！　自分は銀河共和国防衛軍主力艦隊司令官兼旗艦カシナート艦長、ラインハルト・シュタインベルガー准将です」

『では、ジェネラル・シュタインベルガー。私の息子。評議員補佐官のジェームス・ハンズクリットを拘束してください。どうかお願いします』

「了解しました」

エメルダ夫人は、眉間を押さえながらも、ご自身の息子の逮捕を承諾、そばにいたシュタインベルガー准将に要請してくださいました。

『ともかく彼の補佐官の解任と、ＧＣＰＯへの逮捕要請をしておかなくてはな……』

お二人とも真剣な表情を浮かべ、溜め息をつきながら、ジェームス・ハンズクリットの補佐官解任を承諾してくださいました。

これで、ようやく彼（疫病神）から解放されます。

『ではルナーシュくん。君も准将の船でこちらに戻ってきてくれ』

「いえ、こちらのライアットさんへの依頼が完遂していないので……」

せっかく邪魔者がいなくなったのに、別の船には移りたくありません。

しかし、

『こういった場合、依頼の修了証を発行し、銀河貨物輸送業者組合に報告すれば完遂扱いになるはずだ。それに、通報者本人が同席してくれなければ手続きが面倒になる』

と、正論を言われてしまい、銀河共和国評議員としては、同行せざるを得ません。

「わかりました……」

あと二晩、ライアットさんといっしょにいたかったのに……。

恨みますよボーウッドおじ様！


銀河貨物輸送業者組合に報告し、ライアットさんへの依頼が完了したことを報告。

支払いは、ライアットさんの意向で、ヴォルダルに到着してからになりました。

そしてついに、シュタインベルガー准将の船に乗り込むことになりました。

「あ、ちょっと待ってください」

いつの間にか男性に戻っていたライアットさんが、保冷ボックスを持ってきました。

「本当は今日の夜に出すつもりだったんだが、せっかくだから持っていってくれ」

中身を確認すると、中学三年の文化祭のときに人気になった、直径十二センチメートル・高さ三・五センチメートル・百クレジットショップの磁器に入ったカスタードプディングでした。しかも六つ！

「安っぽいので申し訳ないがな」

とんでもない。私には最高のお土産です！

拘束されている彼（疫病神）がいない、『正式な貴賓室』に案内された私とサラは、ライアットくんから渡されたカスタードプディングの入った保冷ボックスを眺めていました。

「よかったの？　告白しなくて。このあとはスケジュールはいっぱいになるわよ？」

サラが、私のスケジュールをチェックしながら、からかうように声をかけてきました。

「私じゃあまだ彼には敵わないもの」

私は今現在、銀河共和国評議員であり、子供の頃から天才と言われてきました。

でも、補佐官（疫病神）一人を御することもできなければ、評議会で意見を通すこともできません。

後ろ楯がなければ評議員でいることすら難しいかも知れないのです。

ご両親が亡くなり、十五歳で世間の波に揉まれ、お祖父様が亡くなったあとはたった一人で船を操り、宇宙を駆け回るライアットくんに、私が敵うとは思いません。

お料理だって、私よりもずっと上手なんですから。

「そうよねえ。女の子の姿のときは、あなたより遥かにスタイルがいいものね♪　胸は大きいし、ウエストは細いし、手足もスラッとしていて、肌もすべすべ、顔も美人だし♪」

「そっちじゃないです！」

サラはにやにやとしながらからかってきます。

確かにスタイルでは間違いなく負けてるけど……。

それに彼は、最初のとき以外、私のことを『ルナーシュ評議員』としか呼んでくれなかった。


でも、待っていてください。

私は貴方に選ばれる人間になってみせますから！

彼が私の可愛い弟であり妹になるまで

◇マイルヤーナ・ドラッケン◇

ショウンが気絶銃(スタナー)で撃たれたという知らせを聞いて、私たち姉妹はすぐさまオルランゲアの病院に向かいました。

さいわい命に別状はないものの、意識は自然回復を待つしかない状態でした。

ティナとサラ姉さんは心配そうにしながらも、犯人に怒っていたけれど、私は眠っているショウンを見ながら過去のことを思い出していました。

私たち姉妹が彼と出会ったのは、彼がまだ零歳児で、妹のティナロッサが百七十三歳、私マイルヤーナが二百十八歳、姉のサラフィニアが二百五十五歳のときでした。

お祖父様の友人であるバルクス・ライアットさんの孫で産まれたばかりの彼、ショウン・ライアットは小さな小さな存在でした。

それがいつの間にか五年が経過して小さな男の子になり、お姉ちゃんのお婿さんにしたいなどと言ってからかったりしていましたが、元軍人だった私の母、リチェリーナ・ドラッケンから軍隊式格闘技を習ったり、彼の母親と祖母からお料理や家事を習ったりするようになっていました。

そして彼が中学生になったときには、シュメール人である彼が、男女両方の性別に変身できるようになったことを知らされ、私たちドラコニアル人をとりこにするような美味しい料理を作れるようにもなっていました。

ご両親が亡くなったときには、ドラッケン家に引き取ろうかという話も出たほどでしたが、彼のお祖父様であるバルクスさんが存命であったのと、彼本人の意思により、その話は白紙になりました。

そして青年になった今では、立派な貨物輸送業者として、誇りを持って仕事をしています。お料理の腕もすさまじく成長し、再度ドラッケン家に引き込もうかと本気で考えてしまうレベルになっていました。

家族ぐるみの交流があり、ドラッケン家にとって家族同然のショウンですが、彼と出会ったころの私は、彼だけではなく、ライアット家の人々に対してもあまり好意的ではありませんでした。

私たちドラコニアル人にとってはヒューマンの一生はあまりにも短く、私の目の前にいる彼らが老衰で亡くなる瞬間になっても、私たちは彼らが見た最初の姿とほぼ変わらない姿をしているでしょう。

それは彼らにとっては非常に残酷なことであり、屈辱的なことであるはずです。

そして私たちドラコニアル人にとっても、自分よりも後に生まれた者が成長し、成熟し、老いさらばえていき、ついには死んでいくのを見るのはつらいことなのです。

命の長さが違う生き物が仲良くしてはいけない。

正直な話、私は自分たちより短命なヒューマンやその他の種族を、あわれむと同時に見下していました。

ショウンが生まれたころの私は、そんな考えをしていたのです。

そんな考えをするようになった原因はなんであったかは、もう思い出せません。

両親、祖父母、姉妹の誰もそんな考えは持っていませんから、家族以外の誰かに吹き込まれていたのかもしれません。

その認識が改まることになったのは、妹のティナが赤ん坊のショウンをお風呂に入れ、溺死させかけた事件が起きたときです。

ライアット一家がドラッケン家に訪問してきたときに、育児に疲れていた彼の実母であるナミエラさんを気遣って、ティナがショウンをお風呂に入れると申し出ました。

そうしてショウンと一緒にティナが浴室に向かってからしばらくすると、突然ティナの悲鳴が響き、お風呂から出てきたティナの手にあったショウンか、赤くなっているうえにぐったりとして動かず呼吸も止まり、最近開いたばかりだという目も閉じられたままでした。

なにがあったのかティナに問いただすと、なんでもベビーバスにショウンを入れ、うちの広い湯船に浮かべて自分の身体を洗っていたそうです。

すぐにすませるつもりだったらしいですが、運悪くショウンを乗せたベビーバスが湯口の近くに行ってしまい、ベビーバスが転覆してしまったのだとか。

お湯の温度が高くなかったため、ショウンがやけどをすることはありませんでしたが、溺水し、意識不明になってしまいました。

　間の悪いことに、ショウンの母親と祖母、私のお母様とお祖母様は有名レストランに食事に行ってしまっており、さらにはお祖父様をはじめとした男性たちもどこかへ出かけていました。

　その場にいた事故の原因であるティナはもちろん、姉のサラも珍しく慌てていました。

　しかしそのときの私は、酷く冷めた反応をしていました。

　なにもしなくったって、いずれは私たちより早く死ぬ生き物なのだから、慌てたところで別にどうなるものでもない。死んだら死んだときなのに。と。

　でもそのとき、元軍人だった母、リチェーリナ・ドラッケンに教わった応急処置や心肺蘇生の方法を思い出したのと、このままこの赤ん坊が死んだら、ティナが犯罪者になってしまう。

　そんな妹のティナを犯罪者にしたくないという思いから、私はティナに救急の手配をさせ、姉のサラに彼の実母であるナミエラさんに連絡をするように指示し、ショウンに対しては緊急時での適切な処置を私が行いました。

　そのおかげで、ショウンは息を吹き返し、呼吸を再開してくれました。

　その後、病院に運ばれたショウンは、後遺症が残ることもなく無事でしたが、大事を取って入院することになりました。

　そして時間をおかずに、ライアット一家とドラッケン一家の全員が病院に到着しました。

　すると、

「ありがとうマヤさん！　本当に、本当にありがとう！」

ショウンの母親であるナミエラさんをはじめとしたライアット家の人たちが、私に感謝の言葉を伝えてきました。

　これはまあ当たり前のことですし、

「ありがとうなマヤ姉ちゃん！　もしあのままショウンが死んでたりしたら、あたしショックで立ち直れなくなってたかもしれないぜ……」

やらかした張本人であり、お父様にはめちゃくちゃ怒鳴られ、お母様には思いっ切りひっぱたかれ、お祖父様にはひざ詰めでこんこんとお説教をくらい、過失とはいえ犯罪者にならずにすんだティナにも感謝されました。

　でも不思議に思ったのは、私の両親と祖父母が私を褒めてくれたことです。

　両親も祖父母も、ヒューマンが自分たちより短命なのをよく理解しているはずです。

　なので、自分たちより先に死んでしまうショウンが今死んだからといって、嘆く必要はないはずですし、助かったからといってそこまで喜ぶ必要もないはずです。

　私はただ、妹であるティナを犯罪者にしたくないから処置をしただけなのです。

　それなのに、両親や祖父母は私のしたことを賞賛してくれます。

　そんなこともあり、私はなぜかいたたまれなくなって病室を抜け出しました。

　とはいえ、勝手に家に帰るわけにもいかないので、入院患者用の談話室で窓の外を眺めていました。

「あら。こんなところにいたのね」

そんな私に声をかけてくれたのは、車椅子に乗ったお祖母様でした。

「ショウンは予定どおり明日には退院できるそうよ」

話しかけてくれたお祖母様に、私は「そうですか。それは良かったです」と、どうでもいいような態度で返してしまいました。

そんな私に、

「なにか思い悩んでいることでもあるのかしら？」

そう言ってくれたお祖母様に、ヒューマンは自分たちより寿命が短く、いずれいなくなるのに助けてどうするのか。あの子を助けたのは、妹を犯罪者にしたくなかっただけ。下手をすればショウンが死んでも別に大したことではないと思っていたなど、私は自分が思っていることを全て吐き出しました。

お祖母様は私の話を全て聞いてからも怒ったりはせず、

「たしかに別れがくるのは悲しいわ。でもね、その間嫌われたり無視されたりするよりは、お互いに好きな人であったほうが幸福だとは思わない？　それに、どんな理由だったとしても、貴女のしたことは感謝されてしかるべきことよ」

そう言葉をかけてくれました。

それから病室に戻って、ショウンを眺めていると、彼は私の顔を見てにっこりと笑いました。

私を個人として認識などしてはいないはずで、単なる偶然なのはわかっています。

ほんの一瞬とはいえ、『別に死んだところでたいしたことじゃない』などと思った私に、ショウンは笑いかけてくれたのです。

私は、ショウンの家族も私の家族もいる中で泣いてしまいました。

どうしてなのかはわかりません。

でもその日から、ヒューマンに対しての見下したような感情が湧くことはなくなり、ショウンのことも心の底から可愛がることができるようになりました。


こうして眠っているショウンを見ていると、あのときのことを思い出し、罪悪感が芽生えてきてしまいます。

でも私はこの罪悪感を忘れてはいけません。

それは自分への罰であり、戒めでもあるのですから。

とにかく今は、ショウンが一日も早く回復してくれることを祈るばかりです。

ですが現状は不安要素が多く予断を許しません。

まずはショウンの回復ですが、これは時間が経過しないとどうにもならないので現状を維持するしかありません。

次にショウンの船や私物や貨物についてですが、船は残念ながら廃船となってしまいましたが、依頼品の貨物はＧＣＰＯが依頼先に届けてくれたそうで、これでショウンも安心でしょう。

そして船に残っていた家具や調度品や食料品などは宇宙港が保管してくれることになりました。

そのなかでも食料品は消費期限などもあるのでこちらで引き取ろうとしたのですが、親族、配偶者、同船の乗組員でないと即座には渡せないと言われてしまいました。

そうでない場合の関係者の受け取りには、手続きに七日ほどかかるらしく、それが待てないのかティナとサラ姉さんの機嫌が悪くて悪くて……、抑えるのに大変なんですよね。

少しぐらい我慢してほしいものです
とはいえ、私も返却されたら思い切り食べまくりますけどね。

大好きな弟であり妹の作ってくれたお料理なんですから。

業務管理部の闇ルール

◇ミィミス・ラッペリオ◇

私の職場である銀河貨物輸送業者組合・オルランゲア支部の貨物配達受付及び配達依頼受付が存在する部署、すなわち業務管理部にはあるルールがあります。

それは業務規程に明記されているものではなく、女性職員の間で密かに通用しているものです。

そのルールの内容は『他者に仕事を依頼する際は、必ず対価を支払うこと』というものです。

言葉だけなら社会の常識にすぎませんが、この場合は対価といっても金銭ではなく、大抵はジュースやコーヒーやお菓子の類であり、たまにサンドイッチなどでも取り引きされます。

その中でも価値の高い品物として『プランスメリーのケーキ』『甘もう屋の晋蓬菓子』『ショウン・ライアットさん謹製のお菓子』などがあります。

その中でも、店舗に行けば手に入る前記の二つと違い、『ショウン・ライアットさん謹製のお菓子』はそうそう手に入るものではありません。

まあ前記のお店も超人気店で、入手は大変なんですけどね。

この『他者に仕事を依頼する際は、必ず対価を支払うこと』という業務管理部に伝わるルールは、私が入社するはるか以前からあったもので、『甘もう屋の晋蓬菓子』などはその頃から人気だったそうで、対価として高い価値を有していました。

彼であり彼女であるショウン・ライアットさん謹製のお菓子が対価としての価値を持つようになったのは、一年ほど前のハロウィンのときに厚意で差し入れてもらったマドレーヌがきっかけです。

その時は私もいただきましたが本当に美味しいものでした。

その後も様々なクッキーや焼き菓子などを差し入れてくださいましたが、その価値が高騰したのが、私の先輩でもあり、ショウン・ライアットさんとは、彼が貨物輸送業者として働き出したこれからの付き合いだという、ササラ・エスンヴェルダ主任（チーフ）個人に差し入れられた切り分けることのできるクラシックプディングをおすそ分けいただいたときです。

このプリンは切り分けれるにもかかわらず、口に入れるとほろりと崩れ、プディングの甘さとカラメルのほろ苦さが口の中に広がる、まさに絶品のプリンでした。

このプリンが美味しかったことから、『ショウン・ライアットさん謹製のお菓子』は、財務管理部の女性職員の間で高い価値を持つことになりました。

ライアットさんの差し入れの頻度はそんなに多くはないので、そのときは確保のために争いが起きてしまいます。

そのため今では、ライアットさん謹製のお菓子はますます価値が上がってしまい、ライアットさん謹製のクッキー十枚で普通に市販されているクッキー一缶と同じで、その価値は残業を交代してもらえるほどになっています。

もし、切り分けられるクラシックプディングが対価になった場合、有給休暇一日分を売り渡してもお釣りがくるでしょう。

ちなみにこの情報は他部署や、ショウンさんの友人ではない貨物輸送業者たち、果ては別の惑星の支部にも少しずつ漏れているという話も聞きます。

このままだと、いつライアットさん本人に直接要求する困った人が現れないか非常に心配です。

あまりに周囲がうるさくなると、ライアットさんが、差し入れ自体をやめてしまうかもしれません。

そうならないように、より一層目を光らせておいたほうがいいかもしれません。

特にエスンヴェルダ主任は、長い付き合いがあるのをいいことに、頻繁にねだることかが多いようなので、注意しておかなければいけないようです。

運命の分岐点

◇サムソン・カスタス◇

おいらがトニーの兄貴と出会ったのは、惑星ソアクルの路地裏だったたっす。

おいらは物心ついたときには、父ちゃんと母ちゃんがいて、金持ちじゃなかったけど惑星ソアクルの下町でそれなりに幸せに暮らしていたたっす。

でもおいらが九歳になった時、父ちゃんと母ちゃんが事故で死んじまったたっす。

そしたら母ちゃんの妹とかいうのがいきなり家に上がり込んできて、いつの間にかおいらの家がその母ちゃんの妹のものになっちまった。

そして母ちゃんの妹は、おいらを学校まで辞めさせてから、邪魔だって言って家から追い出したんっすよ。

学校を辞めさせたのは、学校の先生に口出しをさせないためだったというのはあとからわかったたっす。

警察に言って泥棒だって必死に訴えても『ミンジフカイニュー』とかいうので何にもしてくれなかったたっす。

なのでおいらは仕方なく、路地裏で暮らすことにしたたっす。

というかそれしか選択肢がなかったたっす。

父ちゃんも母ちゃんの爺ちゃん婆ちゃんはもうとっくに亡くなってて、頼れるところがなかったっすから。

飯はコンビニの廃棄品をもらい、寝床はビルとビルの隙間にダンボールと廃材とビニールシートを組み合わせたやつで作り、服はリサイクルショップの荷物運びをして、売れない服をもらったりしていたっす。

あとは、自動販売機の周囲を探って小銭を探したり、コインランドリーの掃除をして小銭をもらったり、売れるゴミを拾って売ったりしていたっすね。

自慢じゃないっすが、盗みは一度たりともやってなかったっす！

そんなことをしたら、あの母ちゃんの妹、叔母さんになるんすよね。それと一緒になっちまうっす。

一年くらいはそれで平和に生活していたんすが、その界隈のボスを自称するワミガって奴に声をかけられたっす。

年齢は高校生ぐらいで、暴行や恐喝なんかで警察にもマークされてるって噂のあるやばい奴で、仲間も何人かいたっす。

ワミガの話は、自分の子分になれ、子分になったならおいらが溜め込んだ金を寄越せ。

そしておいらに声を掛けた一番の目的は、おいらが掃除をしているコインランドリーの集金日を教えろというものだったっす。

コインランドリーの持ち主は、おいらなんかのことも気にかけてくれた良い人っすから当然断ったっす！

ワミガの悪い噂も聞いていたっすからね。

そしたら当然だけど、ボコボコにされたっす。

ワミガの仲間の一人がナイフを取り出したとき、終わりだって覚悟したっす。

そのとき、

「ずいぶんと楽しそうだな。俺も交ぜてもらおうか」

そういってワミガ一味を簡単にぶちのめしてしまったのがトニーの兄貴だったんす！

あとから聞いた話だと、コインランドリーの持ち主がトニーの兄貴においらのことを相談してくれていたそうっす。

そうしておいらを捜していたときに、ワミガたちにボコられてるおいらを発見してくれたんっす。

トニーの兄貴に助けてもらったおいらは、そのまま宇宙港に行くための軌道エレベーターに乗せられたっす。

宇宙港に到着して最初に連れて来られたのが、白い貨物船が留まっている停泊地で、その白い貨物船で出迎えてくれたのがショウンさんだったっす。

髪が白い綺麗な女の人で、怪我の治療をしてくれて、シャワーで身体を洗ってくれて、手作りの食事までご馳走してくれたっす。

そのせいで、この白い貨物船がトニーの兄貴の船で、ショウンさんは兄貴の恋人兼仕事の相棒だと思ったっすよ。

ところが、白くて綺麗で、トイレはもちろん、ソファーセットやキッチンやシャワーやベッドルームまであった下部貨物室型の貨物船はショウンさんの船だっていうじゃないっすか！

しかもショウンさんはシュメール人で基本性別が男性だっていうじゃないっすか！

このとき、おいらの初恋は見事に破れたっす……。

そしてトニーの兄貴の船は黒い後部貨物室型の貨物船で、操縦室以外はトイレと二段ベッドと、食料保存のための小さな冷蔵室、あとは湯沸かし用のポットとレンジだけという、ショウンさんの船とは天地の差があったことにがっかりしたのは仕方のないことだと思うっす。

あとから聞いてわかったことっすが、ショウンさんの船は貨客船といって、貨物もお客さんも運ぶ船だから、あんなに充実しているんだそうっす。

普通の貨物船はこんな感じなんだそうっす。

それでもおいらはこの船『ニゲルサギッタ（黒い矢）』号の乗組員として、兄貴トニー・マードックの相棒として身を粉にして働くことを誓ったっす。

でもそれからは大変だったっす。

暇な時間ができる移動中に、小学校で習ってなかった文字や専門用語や宙航図を覚えたり、計算や帳簿の付け方なんかを練習したりしてたっす。

ほかにも、銀河貨物輸送業者組合の人や貨物輸送業者の人の顔と名前を覚えたり、船の整備方法や応急修理を覚えたりと大変なことは山積みだったっす。

そうやって働きだして三ヶ月ほどしたときに、トニーの兄貴から就職祝いとして、汎用端末をもらったっす。

勉強用にって渡された板状端末は兄貴の持ち物っすから、自分専用のはありがたかったっす！

以前もっていたやつは、叔母さんに取り上げられたっすからね。

これでいろんな情報を集めたりして、兄貴のお役に立ってみせるっすよ！

夏の日の思い出

プルルルルル……ピッ

◇ショウン・ライアット◇

「はいもしもし」

『ようショウン。明日どっか遊びにいかないか？』

中学三年の夏休みもなかば。

俺は友人のケビン・コールマンから遊びに誘われた。

俺は去年の秋に事故で両親を亡くし、落ち込んでいたこともあり、それ以降は遊びに付き合うことが少なくなった。

高校への進学もやめ、中学卒業後は祖父の仕事を手伝い、将来は貨物輸送業者として独り立ちする予定だ。

本当なら、この夏休みも祖父さんと一緒に仕事をするつもりだったのに、『今年は学生としての夏休みを楽しむように』と、祖父さんに言われて手伝いを断られてしまった。

「俺はそんな気分じゃないんだが」

そんな俺を遊びに誘ったケビンの言い訳が、

『来年度から遊ぶことができなくなる友人のために、今のうちにできるだけ遊びに誘ってやるのが真の友人というものだ。夏休みの課題も終了してるしな』

とのことだ。

ちなみにこのケビン、小学校時代に夏休みの宿題を最終日までためること四回。

そのたびに、祖父さんの仕事の手伝いして帰ってきた俺を呼び出して、夜遅く終了するまで手伝わされた。

なので、中学年になった最初の一学期の修業式の日に、ケビンの家に勉強道具持参で押しかけて、「今から夏休みの課題をやる。終わるまで解放されると思うなよ？」

と、有無をいわせない迫力で勉強をするように脅迫した。

もちろん自分の分も一緒にやる。

ケビンはなんとかして俺を追い返そうと、おばさんに予定なんかを聞いていたけど、おばさんもケビンの夏休みの課題については思うところがあったらしく、提案についてはもろ手を上げて賛同してくれた。

もちろん俺の家族は了承済みだから、ケビンの逃げ道はない。

そのためケビンは仕方なく夏休みの宿題を開始したので、本当に終わるまで解放することはしなかった。

このスパルタな夏休みの課題の消化で夏休みを満喫できたせいか、次の年も、そして今年も頼んできやがった。

そのおかげでこいつは余裕な顔をしていられるというわけだ。

だが、俺になくて奴にはあるものがある。

「わかったわかった。遊びにいくよ」

『よしよし。じゃあどこにしよ……』

「でもお前、今年受験なのに大丈夫なのか？」

そう、俺は進学をしないからいいけど、ケビンには受験という壁がある。

しかしケビンの奴は、

『なあに！　息抜きも大切だからな！　大丈夫大丈夫！　それに来年から遊べなくなる友人のための時間は俺の受験よりも大切だからな！　それでどこに遊びにいく？』

と、明らかに動揺した様子で遊びに行くのを押してきた。

「誘ってきたくせに決めてないのかよ」

『先に決めてお前の行きたくないところだったらだめだろ』

「それもそうか」

『で、どうする？　手近なところだったら「カクテルプール」かな』

「まあ手近だしちょうどいいし、そこにするか。暑いしな」

『よし。じゃあ明日の朝八時半にアゼロナス駅前な』

「わかった。遅刻するなよ」

『わかってるよ』

ケビンが気を使ってくれているのはよくわかる。

だから明日は力いっぱい楽しむことにしよう。

しかし翌朝。予期せぬ事態が起こった。

◇ケビン・コールマン◇

翌朝の駅前午前八時二十五分。

遅刻せずにアゼロナス駅前にやってきた俺の前に、

「お。今日は遅刻しなかったな」

ショウンのやつはスニーカーにデニムパンツにTシャツというういつもの服装ではあったものの、なぜか女の子の姿で待っていた。

「おい！　どうしたんだよいったい？」

「朝起きたら『月のもの』が来てな、仕方なく女のほうの用意をしてきた」

どうやら、シュメール人特有の生理現象が起きたらしく、それで女の子の姿でやってきたらしい。

しかしショウンの奴は、学校のプールはともかく、こういうレジャープールで女の子の姿で来たことなんかないのにどういう風の吹きまわしだ？

「おっおう……そっか、そりゃしかたないな」

とはいえここでぼーっとしているわけにもいかないので、俺とショウンはアゼロナス駅前から直接『カクテルプール』に向かえるバスに乗り込んだ。

『カクテルプール』、正しくはウォーターアミューズメントパーク『ブルースカイガーデン』は惑星オルランゲアの星都・サルフルップにある娯楽スポーツ施設で、地上部分は、直径百メートル・高さ五メートルの円型の平べったい建物で、内部は屋内駐車場、バスターミナル、チケットカウンター、エレベーターホールなんかがある。

エレベーターホールは地上の建物の中心にあり、六機の反重力式エレベーターが稼働している。エレベーターホールから透明のチューブの中を通って、地上百五十メートルの場所に、反重力システムで浮遊している空中アミューズメント施設にたどり着く。

施設自体は三十メートルほどの大きさがある逆三角形の形をしており、高さ百八十メートルになる最上部のエリアの面積は約四万七千平方メートル。

ここには、流れるプール、ウォータースライダー、波の出るプール、子供用ウォーターパーク、ウォーターシューターエリア、ビーチバレーエリア、正式競技用五十メートルプール・小型酸素ボンベをつけての水中迷路、各種フードコートなどがそろっている。

最下部から半分までは反重力装置が占め、その上にはスタッフルーム、事務所、更衣室、貴重品クローク、医務室、警備室、倉庫、緊急用脱出シャトル乗り場等がある。

遠くから見るとカクテルグラスのような形をしている。そのために『カクテルプール』というあだ名が付いているわけだ。

運営している会社もそのあだ名を逆手にとって、カクテルグラスに入っている女の子のイラストをマスコットに採用したり、施設内の店でカクテルを出したりしている。

まあ未成年の俺たちはカクテルなんか飲んだことないけど。

ともかくそのバスターミナルに到着し、開店前のチケットカウンターの列に並んで順番を待っていると、

「あの銀髪碧眼の娘、高校生ぐらいかな？　なかなか可愛くないか？」

「だな。ぜひともお近づきになりたいよな」

なんていう、男性のつぶやきが聞こえてきた。

まあ、間違いなくショウンのことだろう。

特に女の子の状態だと、ショウンのやつはかなり大人びて見えるからな。

「で、あの隣は彼氏か？」

「あんな可愛いこがあんなの相手するわけないだろ？　いとこかなんかだろ」

そしてもちろん、横にいる俺に対しては、そういう蔑みの言葉が飛んでくるのはいつものことだ。

ちなみにショウンが男だったら、つぶやくのが女性になり、俺に対しての蔑みの言葉は少なくなる。

そうしているうちに開店時間になったので、列を待ってチケットを購入すると、エレベーターに乗って施設の上部へ。

そして上部の入口でチケットとリストバンドを引き換える。

このリストバンドは、ロッカーのキーであると同時に、情報のチャージができるようになってい

る。当然、防水仕様だ。

そこからは更衣室に行き、水着に着替えてプールエリアに向かう。

そしてプールエリアの入り口近くで待っていると、

「よう」

ショウンが、白くて長い髪をポニーテールにし、真っ赤なビキニ姿で現れた。

「おまっ！　赤ってどうなんだよ！」

「仕方ないだろ！　胸が大きくなってて、入るのが姉ちゃんたちが悪ノリして選んだこれしかなかったんだから……」

「そっ……そうか。そりゃ仕方ないな……」

こいつの性格的に青とか緑とかの水着だと思ってたけど、あのお姉さんたちの趣味なら納得だ。

「じゃあまずはウォータースライダーに行こうぜ」

「おっおう！」

そうしてスライダーの列に並んだわけだけど、注目されてるなー。

クラスの連中は授業で見慣れてるけど、あの顔であのスタイルだからな、注目されないわけがない。

そして俺には嫉妬の視線が突き刺さってくる。

さらにはこのスライダー、高さが五十メートルあるんだけど、この施設がもともと百八十メートルの高さがあるからか、高さが増加されて正直けっこう怖い。

そんな状態に耐えながら、順番が周って来るのを待っていると、

「次の方どうぞ。後ろの人は前の人に掴まってくださいね」

係の人が専用の二人乗りゴムボートをセットし、俺たちを誘導する。

そして並び順からショウンが前、俺が後ろに座った。

普通なら、女の子の髪の毛が顔にかかってドキドキ！　とかいうイベントがあるものだと期待していた。

しかし、そんなものはスタートした瞬間から頭の中から消え失せた。

このウォータースライダー、めちゃくちゃ怖かったのだ！

コースの途中途中に水の噴射口があって、スピードは最速で約五十キロにもなり、コースはチューブ状なので放り出されることは無いけど、透明な上に、施設からはみ出るようなところがあるためびっくりどころではなかった。

なんとか滑り終わったときには、俺もショウンもフラフラになっていた。

「俺、しばらくスライダーはいいわ……」

「奇遇だな……俺もだ」

見れば俺たちと同じようにぐったりしている人たちが、スライダーのゴール地点にはいっぱいいた。

そこでしばらく休んだあと、いろいろなプールをめぐってみた。

まずは流れるプールでしばらく流され、水中迷路で迷いまくり、ウォーターシューターで俺だけ

子供に集中砲火をあびたり、ビーチバレーではショウンがスパイクするたびにギャラリーを沸かせたりしていた。

昼食の時間になる少し前にフードコートに向かい、宇宙港にもあるという外食チェーンのサンライトイエローリップルのミックスグリルを二人で食べていると、

「ねえ彼女。どうせなら俺たちと楽しいとこ行かない？」

「ご飯ももっといいものごちそうしてあげるからさ」

「そーそー。そんなチンケなのじゃなくてもっと豪華なやつ♪」

大学生ぐらいのヒューマンの男三人がショウンに声をかけてきた。

女の子状態のショウンが大人びているとはいえ、成人男性が未成年をナンパすることはあまりいいことではないだろう。

さらに言えば、俺というツレがいるにもかかわらずナンパをしてきたことにはめちゃくちゃ腹が立つ。

なので思いっ切り不機嫌そうに低い声を出してみる。

「ねえちょっと。こいつは俺のツレなんだけど？」

すると大学生三人は俺をにらみつけ、

「何だお前？」

「この子のツレだろ」

「ガキは引っ込んでろ！」

うちの一人が俺の横にやってきて、俺の腹を思い切りなぐってきた。

座っていたこともあってよけれず、声も出せずにテーブルに顔を伏せてしまった。

すると、ショウンが不機嫌そうにしながら、男たちを睨み付け、

「じゃあそのガキをナンパしてるお前らは立派なロリコンだな」

と、連中をあおった。

もちろん連中はその言葉に反応する。

「あ？　今なんつった？」

「俺とこいつは同級生だからな。こいつがガキなら俺もガキなんだけど？　ってはなし」

すると連中は一瞬顔を見合わせたが、すぐににやついた笑みを浮かべ、

「だったら俺たちが大人の遊びってやつを教えてやるよ」

そう言って、一人がショウンの肩を掴んだ。

そのとき俺は、より怒りがあふれてきていた。

家族を亡くした悲しみから何とか立ち直るも、自身の身の振り方として進学をあきらめて社会に出ていく友人に、一つでも良い思い出をと思って遊びに誘ったのに、こんなクズみたいな奴らに邪魔されるなんて冗談じゃない！

なので俺はこっそりと椅子から下り、

「汚い手を放せこの野郎！」

「ぐふっ！」

ショウンの肩に手を乗せようとした奴の腹に、思いっ切り頭突きを叩き込んでやったところ、そいつは派手に吹き飛ばされた。

「このガキ！　なにしやがる！」

当然連中の仲間から攻撃を受けるが、ひるむわけにはいかない。

殴られながらもそいつの足にしがみついて、ショウンには近づかせまいと思った次の瞬間、残ったうちの一人がいきなり地面に倒れた。

いや、正確には、こいつらの獲物（ターゲット）になっていたショウンに投げ飛ばされたのだ。

そういえばショウンは軍隊式格闘技かなんか習ってるんだったな。

「くそっ！　ふざけんな！」

俺が頭突きで吹き飛ばした奴が立ち上がり、ショウンに向かっていこうとした瞬間、

「そこまでだ！　おとなしくしろ！」

周囲を警備員が取り囲み、大学生たちを取り押さえてくれた。

周囲の人かお店の人かが通報してくれたらしい。

◇ショウン・ライアット◇
ナンパ大学生たちが警備員に逮捕され、ケビンを医務室に連れて行ったあとは、遊ぶ気にならなくなったので帰ることにした。

後日ニュースで知ることになるが、あの大学生たちは様々なレジャースポットで女の子を強引にナンパして連れ去り、性的暴行を加えた上にその様子を動画に録って脅し、売春をさせるという胸くそのテンプレートをやっていたらしく、逮捕・起訴され、確実に実刑が待っているそうだ。

ケビンが医務室から出たあと、着替えをしてエレベーターで下に降り、バスターミナルの待合室にあるベンチに座っていると、

「ごめんな。せっかく遊びに来たのにこんなことになっちまって」

と、ケビンが俺に謝ってきた。

「お前の責任じゃないだろ」

悪いのはあの大学生たちであって、ケビンに責任はない。

ナンパされたくなければ、『月のもの』が来た時点で、プールの予定は延期すればいい。日にちをずらせなかったとしても、水着は姉ちゃんたちに借りずに、来る前に店によって新しいのを買ったっていいはずだ。

でもそれをしなかったのは、ケビンが俺のことを気づかってくれている気持ちを無下にしたくなかったからだ。

「でも情けないよな。簡単に殴り飛ばされちまった。お前は華麗に撃退してたのにさ」

「立ち向かっただけでありがたいよ。ちゃんと助けようとしてくれただろう?」

ケビンは運動神経は悪くないし、顔もまあまあ整っていると思う。

ああいう輩に絡まれてたりした場合も、きっちりと盾になろうとしてくれる。

その点は十分にモテる要素だとは思うが、

「だったらお礼ぐらいしてくれよ！　できれば色っぽい方面で！」

こういうことを平然と口にするから、女の子にモテないんだよな多分。

まあこいつなりに真剣なのではあるのだろう。

「お前、そんなんだからモテないんだと思うぞ？」

「なんだよその上から目線！　男のときも女のときもモテるからってふざけんな！」

「わかったわかった。ウォータースライダーのときに俺の胸を掴んでたんだから、それがお礼でいいだろ？」

ちなみに、本当にさわられていたかどうかはわからない。

そんなことを気にするヒマもないくらい怖かったからなあのウォータースライダー……。

それを聞いて、ケビンは驚愕の表情を浮かべる。

「え？　マジ？　俺その記憶ないいんだけど⁉」

「ほら、バス来たぞ」

なぜか自分の両手を見つめているケビンを無視し、やってきたバスに乗るべくベンチから立ち上がる。

「待て！　本当に触ってたのか？　おい！　おい！」

到着したバスに乗り込みながら、追いかけてくるケビンに意味深な笑みを向けておく。

友人の困惑している表情という、笑い話の思い出をもらうために。

お嬢様の挑戦

◇レイアナ・リオアース◇

私（わたくし）がショウン・ライアットさんと出会ったのは二年前。

当時八歳の私は、その歳からお父様の事業のお手伝いをしており、とある契約提携のために、定期便で惑星ビーテンツから惑星ソアクルに向かうところでした。

しかし、出発直前にＶＩＰ専用個室ラウンジの扉に不具合が起こり、定期便に乗り遅れてしまいました。

さらには、ソアクル行きの定期便にトラブルがあって運休になり、復帰がいつになるかわからなくなりました。これでは確実に約束の時間に間に合いません。

あとでわかったことですが、これは私が副社長の地位にいるのが気に入らないリキュキエル・エンタープライズ社の幹部の仕業でした。

私みたいな子供が副社長をするのが気に入らないのはわかりますが、それで会社に不利益を生じさせるのは問題です。

そんなときに、執事のトーマスの提案で貨物船をチャーターすることにしました。

そのときたまたま惑星ソアクル行きで選ばれたのが、ショウンさんの船だったのです。

ショウンさんは事情を汲んでくれて、普段より少し速度を上げて飛ぶことを約束してくれました。

その航行中の食事として出されたのが、見た目はなんの変哲もない感じのデミグラスハンバーグでした。

生意気を言うようですが、私は年齢の割には口が肥えていると思っています。

ですので、最初は大したことはないだろうとたかをくくっていました。

最初の一口は、よくあるデミグラスの味だと感じましたが、食べ進めるうちにだんだんと虜になっているのがわかりました。

そのうえ、到着までの十六時間弱、出していただいた食事の全てが美味しかったのです！

もちろん自宅のシェフやメイドたち食事だって美味しいのですが、美味しさの系統が違うと言えばわかりやすいでしょうか。

そんなショウンさんのお料理の腕を、私は欲しくてたまらなくなり、それ以降会うたびにお声がけをしています。

今回はたまたま我が社の定期便である『リューブン』号でお見かけできました。

なんでも船がなくなってしまったとのことですから、そのあたりで攻めてみることにしましょう。

その前に身だしなみを整えていきませんとね。

Trip.01

キャラクターデザイン公開

メインキャラクターたちのデザインラフを特別公開！

Illustration：紅白法師

ショウン・ライアット

23 歳：シュメール人
一匹狼な貨物輸送業者。趣味兼暇つぶしでやる料理はプロ級の腕前。

サラフィニア・ドラッケン

264 歳：ドラコニアル人
三姉妹の長女で、総合企業ドラッケングループ傘下の企業を複数経営。

マイルヤーナ・ドラッケン

228 歳：ドラコニアル人
三姉妹の次女。グループが所有する交通網の全てを掌握している。

ティナロッサ・ドラッケン

207歳：ドラコニアル人
三姉妹の三女。格闘家でもあり、傘下の警備組織の全てを取り仕切っている。

ウィルティア・ルナーシュ

23歳：ヒューマン
現役の銀河共和国評議員。
実はショウンの中学時代のクラスメイト。

トニー・マードック

28歳：ヒューマン
貨物輸送業者。サムソンに書類仕事は任せ、主に貨物船の運転や整備を担当。

サムソン・カスタス

12歳：ヒューマン
トニーに保護されつつ、仕事の受注や交渉も担当。情報屋としても活躍。

あとがき

本書籍ではお初にお目にかかります、土竜（とりゅう）と申します。

この度、当作品の書籍化のお話をいただいたのは新紀元社編集部からで、その名前を聞いたときには驚きました。

何しろ新紀元社といえば、私が幼少期から、資料本として読んではいたものの、結構な値段がするので気軽には買えない、でも揃えてみたい『図解シリーズ』を出しているところだったからです。

しかし小説の出版に関わっているのは知らなかったので驚きました。

そんなどちらかと言えばファンタジー寄りの出版社から、ＳＦの作品を出版と聞いたときは少し戸惑いましたが、なんとか出版の運びになりました。

編集者様との話し合いでは、話数タイトル以外ほとんど変更なく進めることになりました。

今後はどうなるかはわかりませんが。

この作品は思いつきで作ったもののため、設定は割とガバガバなうえ、ガチのＳＦマニアの方からはツッコミがあり、ご都合的な部分も多いのですが、楽しんでいただけるとありがたいです。

イラストを担当いただいた紅白法師様に描いていただいたショウンや三姉妹は、可愛いのひと言でした。

頭の中だけで考えていた人物の詳細がくっきりすると、いろいろと考えることが広がります。

いずれはショウンにフリフリのエプロンでもと本気で考えるほどに。本人は嫌がると思いますが。

実際のところ、内容が行き当たりばったりな感じもあるので不安も多いのですが、編集者様・イラストを引き受けてくださった紅白法師様・読者の皆様のおかげで、出版できたことに感謝の言葉を捧げたいと思います。

またお会いできれば非常に嬉しく思います。

土竜

カタツムリの貨客船業務日誌

2024年9月1日 初版発行

【著　　者】土竜

【イラスト】紅白法師
【編集】株式会社 桜雲社／新紀元社編集部
【デザイン・DTP】株式会社明昌堂

【発行者】青柳昌行
【発行所】株式会社新紀元社
〒101-0054　東京都千代田区神田錦町1-7　錦町一丁目ビル2F
TEL 03-3219-0921 ／ FAX 03-3219-0922
http://www.shinkigensha.co.jp/
郵便振替　00110-4-27618

【印刷・製本】中央精版印刷株式会社

ISBN978-4-7753-2157-7

※本書は、「小説家になろう」（https://syosetu.com/）に掲載されていたものを、改稿のうえ書籍化したものです。